アリス・ホフマン

ローカル・ガールズ

北條文緒訳

みすず書房

LOCAL GIRLS

by

Alice Hoffman

ローカル・ガールズ——目次

ジョー・アン・ホフマン（一九五〇―一九九六）に
安らかな眠りを

日記

わたしがひとつ発見したのは、奇妙なことって本当に起こるということ。それもしょっちゅう。例えば今日、わたしの親友のジルの猫が口をきいた。ジルとわたしがキッチンでブラウニーを作っていたら、「出してよ」と猫が言った。そこでわたしたちは裏口にすっ飛んでいって、言うとおりにしてやった。奇跡をひとつ経験したので、もっと起きてほしいけれど、わたしたちの住むフランコーニアはそんな町ではない。ジルとわたしは生まれてからずっと友だち。ジルの家は一軒おいて隣だけれど、その家は無視している。わたしたち、生まれる前から友だちで、死んでからもたぶん友だち。少なくともそのつもり。

お母さんとわたしはとてもあわただしくアトランティック・シティ（アメリカ、ニュー・ジャージー州南東部の都市）に向けて出発したので、ジルに電話する時間がなかった。年取ったおばさんを訪ねるんです、と人には言ってあったけれど、本当を言うと、この旅行は愛のため、というより愛の欠乏のため、だからおばさんなんて存在していない。よそのうちではお父さんが飲んだくれたり、どなったりすると、お母さんが荷物をまとめて出てゆくっていう話は聞いていたけれど、うちの場合にはもっと深刻だった。うちのお母さんはアトランティック・シティに行くなんてことはしない人だ。部屋にこもってルーム・サービスを頼んでしくしく泣いたりしない人だ。お母さんは前に言ったことがある。女は結婚したら自分を好きにならなきゃ駄目、だって自分のことを本当にわかってくれる人なんてこの世界にいないからね。

わたしたちは三日間、アトランティック・シティのホテルの部屋にこもって、ルーム・サービスのおかげで一度も外に出なかった。豚みたいに食べて、お母さんの従妹のマーゴウがやってくるまでは歯も磨かなかった。マーゴウは去年の夏に離婚してから、気持ちを引き立たせるためだと、髪の色を変えた。マーゴウはニュー・ジャージーまでフォードのマスタングのコンヴァーチブルを運転してきた。離婚のとき夫に渡さなかった車。わたしの心を真っ赤に燃えた石炭のうえにこすりつけるようなことをしたんだから、とマーゴウは言う。

「すぐ服を着なさい」マーゴウは命令した。

わたしたちはバスローブのまま、古いカウボーイの映画を見ていて、どういうわけかお母さんは涙を流した。たぶん馬上の男たちが皆堅実で忠実だから？　お母さんもマーゴウも男にひどい目にあわされたが、とにかくマーゴウもお母さんもまだ希望をもっている。正直言ってわたしは馬のほうが信用できるけれど。

「さっさと着替えなさいよ。フランシス」マーゴウが言い、本気で言っていたからお母さんはようやく着替えて口紅をつけた。それから三人で中華料理の店に行った。その店では飲み物に小さな紙の傘がついてきて、わたしはそれを思い出にとってある。

あのね、グレーテル、荷物をまとめにホテルに戻って、わたしたちの声が聞こえないところにお母さんが行くと、マーゴウが言った。結婚が破綻するとき、一番の被害者は子どもなの。だからしっかりしてね。マーゴウとトーニーが別れたとき、子どもがいなかったことでマーゴウはほっとした。とはいってもマーゴウは赤ちゃんを見かけるたびに涙ぐむようになった。

「マーゴウはわたしの一番の友だちだけど、あの人が言うのはたわごとばかり」スーツケースを車のトランクに入れるときお母さんが囁いた。「話半分に聞かなきゃ駄目。たぶん話全部がでたらめだから」

マスタングにどんな不満があろうと、マスタングはゴージャスだ。ただトランクのスペースが狭い。わたしはフランコーニアまでずっと、後部座席にヘア・ドライヤーと一緒に座り、膝にはお母さんの化粧品のケースを乗せていなきゃならなかった。それでもわたしはうちではないどこか別のところに着きますように、と祈りつづけた。

この一週間はフロリダにいる。浜辺でカメたちが死に、海にクラゲが現われる時期だ。ホテルにチェックインするとすぐに、家族の一員ではないようにふるまいたい兄のジェイソンは潮だまりを見に出ていって、それ以来姿を見せない。親たちはここで結婚をやり直そうとしているけれど、ほかの人間たちには、それはかなり不可能なことに思える。グレーテル、期待なんかしちゃ駄目よ。マーゴウはすでに警告していた。それはわたしの水着を買いに行く途中のことだったけど、ナイスボディをもっていない者にとって水着を買うのは大いなる試練だ。終わっちゃったものはどうにもならないわ、マーゴウは言い、その通りだとわたしは確信した。

マイアミに飛行機が着陸するずっと前から、親たちの口論が聞こえていた。ホテルに着くと、ふたりは部屋に閉じこもった。わたしの意見では、結婚についてそんなに真剣になると、ろくな結果を生まない。お父さんは確かにいつもよりひどい男になっている。でもそれはわたしとは関係のないこと。わたしは自分の考えを誰にも言わずに、自分のやりたいことをする。自分でルーム・サービスを頼み、部屋でひとりリンツァートルテと小エビのガーリックバター炒めを食べる。ジェイソンもこの部屋にいるはずだったけれど、いつになったら姿を見せるのやら。廊下を隔てていても親たちの喧嘩が聞こえた。

夜遅く砂浜に行った。もし誰かにわかったら絶対許してもらえない時間だ。そこでジョナサン・ラビットに会ったんだけど、彼は今わたしに夢中だ。彼のニックネームはジャック・ラビット（ノウサギ。北米西部、中米にいる。耳と後肢が長い）。思わず吹き出しちゃう。わたしを好きになった男の子はウサギだとか？　彼のうちはアトランタで、六年生。正直言って死ぬほど退屈な子だ。一度キスさせてあげたけど、全然うっとりなんかしなかった。水のなかでクラゲがパシャパシャと跳ねるのと、ジャック・ラビットの心臓がゴトゴト鳴るのだけが聞こえていた。

フロリダはわたしの家族のために何の役にも立たなかったけど、少なくとも春はやってきた。ジルとわたしは奇跡が起きないかと見張っている。ジャック・ラビットがしょっちゅう電話をかけてきて、それは奇跡の一種かもしれない。腱鞘炎を起こすんじゃないかと思うくらい、手紙もたくさん来る。その手紙を学校にもってゆくので、わたしはアトランタにボーイフレンドがいることをみんな知っている。みんなが彼に会うことはない。彼の話があんまりつまんなくて、黙らせるためにはキスするほかないということも知らない。彼の電話を聴いてあげるときはお金を払ってほしい。最低一時間に一ドル五〇セント。

本当に恋をしたときには、すぐにぴんとくるわよ、とジルは言う。どんなふうな感じか、わたしはいまいちわからない。雷の稲妻みたいなもの？　天使が肩に触れるような感じ？　それとも子犬を選ぶときのような？　一番かわいいのを選ぼうと思っていても、最後はわたしの膝に乗って離れない子犬を連れて帰ることになる。うちの犬のリヴォルヴァーはまさにそうだった。この犬がわたしたちに夢中なのだと思ったけれど、あとで聞くとラブラドール・レトリーバーは誰にでもなつくんだって。たぶん愛ってそういうもので、自分を受け入れてくれる人なら誰でも、その人のためになりたいという気持ちかもしれない。自分を気にかけてくれる人なら誰でも。

学期が終わった。万歳！　それでもすることがないので、わたしは毎日ジャック・ラビットに手紙を書く。ジルとプールに行くとき、ノートをもっていって、目がかすむまで書き、それからプールの深いほうの側から飛びこむ。うちでは家族が互いに話をしないから、旅行には行かない。一緒にどこかに行くなんて問題外だ。ジェイソンは高校の科学班の活動で家にいない。お父さんは運動熱にとりつかれていて、或るジムのメンバーになった。だからお父さんもうちにいない。

お母さんとマーゴウとわたしはよく映画に行く。映画館は暗くて涼しくて泣いてもわからない。すぐ隣に座っている人は別だけど。マーゴウはなんでもほしいものを買ってくれる。歯にすごく悪いジョーダンのアーモンドでも買ってくれる。マーゴウは恋を知りつくした人。男たちが真夜中にマーゴウに電話をかけてくる。ろくでもない男たちよ、とマーゴウは言う。本当の相手はすぐわかるわよ、とジルと同じことを言う。でもジルと違ってマーゴウは恋の証拠をはっきりと挙げる。わたし、死ぬまでその人にキスしたいと思うわ。わたしはそんなことを望む気になれないけど、それでも人びとはみんなそれを待ち望んでいるように見える。

ジルは両親とキャンプに出かけ、ついに起こったという葉書をよこした。わたしたちが求めていた奇跡、大事件、天使の秘密。恋だ。本当に恋なのだ。隣のテントにいる男の子で、ジルは両親が寝てからこっそり会いに行く。ジルが留守のあいだ、わたしは玄関前の階段に座って、いろいろと考えた。わたしはおしゃれをしていて、もう郵便配達を待っていない。ジャック・ラビットは手紙をよこさなくなった。彼は年少の指導員としてキャンプに行った。腕を折るか、誰か新しい相手と恋に落ちたか。こうなると、わたしが彼の手紙を待ち焦がれても驚くにあたらないでしょう？　ときどきわたしは夜更けに、以前もらった彼の手紙を読む。これを受けとったときわたしは何を考えていたんだろう？　彼のことをどうしてつまんない人なんて思ったんだろう？　今ではわたしのほうがつまらない人間だ。ジルが戻ってきたらたぶんわたしは嘘をつかなきゃならない。ジャック・ラビットはカヌーの事故で死んだとか。最後にわたしの名前を呼んだとか、それを目撃していた人がいて、息を引き取るとき、わたしの名前が彼に慰めを与えたのだとか。

ジルとわたしは同じクラスではない。一緒のクラスになったことがない。学校は互いに好きな生徒を一緒にすることを好まない。互いに嫌いな同士を来る日も来る日も同じ部屋でくっつけておき、誰も殺されたり怪我をしたりしないことが、人格の育成になると考えている。ジルのお母さんが精神科医に通っていることをわたしは知らないことになっている。ジルは、うちの親たちが別々の部屋で寝ていることを知らないことになっている。お母さんは夜わたしの部屋の床に布団を敷いて寝ていて、わたしが寝入ったと思うと泣いている。

最近マーゴウと一緒にアイスクリームの店に行き、バタースコッチをかけたヴァニラ・アイスクリームを食べた。マーゴウはわたしの意見を訊いた。あなたのお父さんがあなたたちを連れてゆかないような高級レストランで、知らない女の人といるのを見かけたんだけど。そのことをお母さんに言ったほうがいいかしら？　本当のことを言ったほうがいい時もあることを認めるけれど、わたしはあまり告げ口をしない。今の場合も言わないほうがいいと思えた。予想に反してその女の人は仕事上のつきあいということもあるもの。もっともマーゴウもわたしも絶対にそうじゃないと思ってはいたけれど。

言わないで。わたしはそうアドヴァイスした。泣いて床に寝るお母さんが本当のことを知って何になるだろう？　マーゴウは自分のアイスクリームに手をつけなかった。それをわたしにまわしてよこしたとき、わたしは吐きそうに気分が悪くなっていることに気がついた。この世界では本当のことを知らないほうがいい、ということがつくづくわかった。

ハロウィーンの日に、ジルは頭のてっぺんからつま先まで真っ黒なものを着て、フェルトで作った耳をプラスティックのヘッドバンドに貼りつけた。黒ネコだ。尻尾はシルクのスカーフを三本編み合わせてある。わたしは祖母から三〇連のシルバーのブレスレットを借りた。わたしは占い師だ。だから月を見たときに何かを予測すべきだったのだ。オレンジ色で信じられないくらい巨大だった。大きくひと飛びすれば、月に届きそうだった。地球のへりから落っこちた月娘たち。兄はわたしたちを見て笑った。きみたち、まだお菓子もらいをして歩くつもりかい？　もちろんお菓子もらいをするにはわたしたちは大きすぎるけど、気にしなかった。ご近所を行ったり来たりしてお菓子を集めた。それからフィールドを横切って高校の向こうまで行って川のそばでタバコを吸った。ジルが母親のハンドバッグからタバコを盗みだし、わたしは祖母にマッチをもらった。

「タバコを吸わないならね」と祖母に言われたので、雰囲気がぶち壊されて、わたしは一口も楽しめなかった。週末のあいだうちに来ている祖母のフリーダはどんな楽しみだろうと、それに呪いをかける能力の持ち主だ。祖母もわたしの部屋で寝ている。だからそこはすごい混雑状態で、スニーカーが見つからなくなったり、下着がどこかに行ったり。毎晩寝るとき、母と祖母がひそひそ話しているのが聞こえる。どの話にも「悲しみ」ということばが混じっているように聞こえる。

ジルは練習をして煙の輪を吹き出せるようになった。もやみたいな輪を吐いていると、ちょっかいを出したくてしょうがないどこかの高校生たちが近づいてきた。ジルは年よりおとなに見えるし、そんな衣装でも美人だということはわかる。高校生たちはジルにキスしようとして、嫌がるジルを摑まえた。全部があっという間の出来ごとだったので、わたしはまるで芝居の観客みたいにぽかんと座っていた。でも芝居じゃなかった。わたしは男の子のひとりになぐりかかり、わたしのシルバーのブレスレットの重みで彼は仰向けに倒れた。そうやってひとりをやっつけたので逃げ出すことができた。わたしとジルは走りに走り、まるで月にまで走りつくみたいな勢いだった。わたしたちは煙になるほど走った。煙になって芝生のうえを漂って、窓や扉の下を流れてゆきそうだった。

「あんなことするなんて信じられない」ようやっと家に着くとジルが言った。ジルは尻尾と耳を落としていたけど、顔は輝いていた。「あんた偉いよ」

　そのあと何日もわたしは得意だった。

　うちでは祝日に特別なことはしない。過ぎ越しの祝いにはフリーダおばあちゃんのところに行くけど、お父さんがどうでもいいと言うハヌカー祭（ユダヤ教の年中行事のひとつ。紀元前二世紀のマカバイ戦争時におけるエルサレム神殿の奪回を記念する祭）や、無意味な儀式だとお父さんが言う収穫感謝祭はパスする。でも毎年クリスマスはマーゴウのうちで過ごす。トーニー・モリナーロと何年も結婚していたのだから、クリスマスを祝う資格がある、とマーゴウは思っている。お父さんはマーゴウのところには絶対に来ないし、今年はジェイソンも来なかった。わたしたち三人だけで、トーニーのお母さんのものだった昔のきれいな飾り物を使ってクリスマス・ツリーを飾った。飾り物のなかには、銀色のガラスでできた、わたしの大好きな天使がいる。これをツリーに飾る人には幸運が来るよ、トーニーのお母さんが生きていたころ、いつもわたしにそう言っていた。トーニーのお母さんは自分の息子よりもマーゴウが気に入っていた。それでふたりが別れたとき病気になり、翌年の春を待たずに死んでしまった。

離婚したあとも、マーゴウはトーニーのお母さんをお祝いの行事によんだ。お母さんはもう九〇歳を過ぎていたにちがいない。天使をさしだす手はぶるぶる震えていた。「運というものはね」お母さんは最後のクリスマスのときわたしに言った。「それが幸運だったか、不運だったかは、人生の見通しがたつまではわからないんですよ」

今年わたしたちは亡くなったお母さんのために乾杯し、驚いたことにマーゴウは泣いた。ちょうどクリスマス・ツリーを飾り終えたころ、雪が降りだした。わたしたちは正面の窓に駆けよって眺めた。めったに見ないような雪で、朝になれば雪かきをしなきゃならなくても、それでも冬はいいなあって思えるような、ずっしりした美しい雪だった。

マーゴウは詰め物をした七面鳥や、ヌードル・クーゲル（卵ヌードルにおろした林檎を混ぜて焼いたユダヤ料理）や、外の雪そっくりのココナッツを上に載せた白いケーキを作った。夕食のあと、彼女とお母さんはエプロンをかけて後片づけをして笑っていた。エルヴィスの「ブルー・クリスマス」を聴かせてあげた。

お母さんが楽しそうにしているのはめったに見ないから、文句は言えなかった。

ジルのうちではクリスマスは大イベントだ。朝ジルのうちに行くと、ジルはきっとたくさんのプレゼントをわたしに見せてくれる。わたしは羨ましそうな顔をしないようにするのが精いっぱい。ジルとわたしは大好きなホワイト・ムスクの香水を交換する。わたしはいろんなことでジルが羨ましいけど、マーゴウの家でエルヴィスを聞いていた、そのときだけは羨まなかった。本当のことを言って、わたしがいたいと思う場所は他になかった。幸運なことに、マーゴウの家はうちのすぐ近くだ。マーゴウの家はわたしたちのうちみたいなものだし、その逆もそうだ。お父さんが家にいるときは別だけど。マーゴウとお母さんはいつも互いに近くにいるつもりでいる。ふたりにはたくさん計画があるけど、そのどれもがうまく行っているわけじゃない。

お父さんが電話で話しているのを立ち聞きした。お父さんはお天気が回復したらうちを出ると言っていた。わたしたちに打ち明けたらすぐに出ると。お父さんは待ちの態勢だった。でもわたしたちに未練がないことだけは確か。お母さんには電話のことを話さなかった。誰にも言わなかった。洗い物をすませて皿立てに食器を入れたら、マーゴウとお母さんにキッチンでダンスをしてほしかった。エプロンを床に脱ぎ捨ててほしかった。

　その夜家に帰る道で、お母さんはわたしを抱き寄せて、星に願いごとをするのよ、と言った。お母さんは今でもそういうことを信じている。雪のなかでわたしは目をこらしたけど、星はひとつも見えなかった。でも嘘をついて見えると言い、とにかく願いごとをした。ふたりでそこに立ち止まって、お母さんは同じ星を一生懸命探していた。指先が凍りそうで手をポケットに入れると、そこにあの天使がいた。お礼を言ったら、マーゴウは、やめてよ、そんなの何でもないんだから、と言うでしょう。でもそれはわたしにとって確実な何かだった。

　夜の遅い時間で、サザン・ステート・パークウェイ（ニューヨーク州ロング・アイランドを東西に走るハイウェイ）を走る車の音が聞こえた。クリスマスなのに。雪がこんなに降っているのに。車の人たちは何に別れを告げてきたのだろう、誰のところに向かっているのだろう、と考えた。あの人たちはわかるだろうか。遠く離れたところでは、アスファルトをこするタイヤの音が小川の流れのように響くことを、わたしのような人間にとってはそれが探していた奇跡のように思えることを。

赤いバラ

六月のあいだ、空は青く澄みわたって、道を歩くと刈り取られた草の匂いが漂い、ミツバチのブーンという羽音が聞こえた。学校は一週間まえに終わっていて、親友のジルとわたしは死ぬほど退屈していた。わたしたちは一二歳、お試し用口紅とお人形遊びが両方とも同じくらいおもしろい、予測不可能な、危険な年頃だった。この夏は何かをやる最後のチャンスだという気持ちが、ジルにもわたしにもあった。はっきりとはわからなかったけど、自分たちの枠を破ろうとしていた。お母さんに口答えをし、漂白剤とアンモニアを混ぜた強い薬で髪にメッシュを入れ、いきなり知らない人に声をかけては、知らん顔をした。月の終わりには、ほとんど毎晩自分たちの部屋の窓から抜け出すようになっていた。

わたしたちはジルの家の月の光のそそぐ裏庭で、遠くに白く光る星たちの天井の下で、落ち合った。黒っぽいものを着ていたから、夢遊病者でもわたしたちに気づかなかったでしょう。ジルは黒い短パンに、黒のスウェットシャツで、野球帽のしたに淡いブロンドの髪を押しこんでいた。わたしはいつも兄のジェイソンの古いウィンドブレーカーを借りて、いつも同じ黒のジーンズをはいていた。そうやって真夜中に、幹の曲がったクラブ・アップル（酸味の強い小粒の林檎）の木の下で、わたしたちは復讐をたくらんだ。わたしたちが憎んだのはこのご近所だけではなく、大人の世界全部だった。しかもくやしいことに、わたしたちはやがてそこに加わる運命なのだ。たぶんそれだから、わたしたちはあれほど軽率に、向こう見ずに、迷わずに激しくなれたのでしょう。普段わたしたちは優等生だった。ベビーシッターをやり、期限に遅れず宿題を提出し、夕食のあとは言われなくてもお皿を洗った。でもそういうことはもうおしまい。わたしたちは一番嫌いな人たちのリストを作った。わたしたちを侮辱した人たち、ひどい扱いをした人たち、または単に無視した人たち。みんな失礼で、やり方がきたなくて、尊大な人ばかりだった。そんな人たちの名前が、ジルの几帳面な文字で綴られてリストのうえに並んだ。

雑貨店をやっているブランドン夫人は、ガムを手にとってお金を払うのを忘れるとお母さんに電話で言いつける。彼女がナンバーワンだ。次がディピエトロ氏。大声で奥さんをどなるから暑い夜などその家の開けた窓の外を通るとひとこと残らず聞こえる。四年のときの担任だったリッチー氏もリストに載っている。指されていないときにしゃべる生徒をコート置場に閉じこめて喜んでいた。ようやくリストが完成すると、次はアクションを起こす番だ。真夜中、どの通りも静まり、どの家も真っ暗なその時間に、わたしたちは行動した。近所の人たちが寝静まると、わたしたちは悪夢のように自由に漂ってこれと思う場所を襲った。朝まで外に出されてあたりをうろついている猫をのぞけば、目撃者はいなかった。わたしたちはブランドン夫人のガレージの扉に石炭で落書きをした。ディピエトロ氏の郵便箱に容器一杯のカテージ・チーズを流しこんだ。ご近所の人たちが悪魔の仕業だと噂しはじめると、ジルとわたしはじっと口をつぐみ、笑うまいと互いに目くばせをした。心の底で、わたしたちは秘密と復讐の力をまざまざと感じていた。

「リッチー氏が何をされたか知ってるかい?」兄のジェイソンが或る朝わたしに言った。わたしはジルの家に行くところで、ジェイソンはごみバケツを引きずって道ばたに出していた。「ごみバケツをバターミルクでいっぱいにしたんだってさ。やるじゃないか」

「ワーオ」わたしは言った。

わざと驚いたふりをしたのではなかった。ジルとわたしは自分たちにそんなことをする勇気があったなんて、そのときになっても信じられなかったのだから。わたしたちはごみバケツのなかに、悪臭を放つあったかいバターミルクを二リットル注ぎこんで、それからジルの家まで猛スピードで走ったので、最後には脇腹が痛くなった。わたしは息が切れて地面に膝をつき、ジルは頭がちぎれそうに笑っていた。そのとき突然どこからともなくサイレンが聞こえてきた。

まるでうちのブロックめがけてやってくるみたいだったから、ジルとわたしはパニくって顔を見合わせた。

「わたしたち正気の沙汰じゃない」ジルは澄んだきれいな声で言った。

たぶんジルの言うとおりだった。こんないたずらはやめようとわたしは言いかけたけれど、パトカーは別の道に入った。サイレンが遠ざかると、わたしの決心も薄れた。復讐ってすごい。自信がなくて臆病な人間さえ向こう見ずに、いちかばちかやってみるまでに駆り立てる。しばらくするとそれが日常となり、リスクは呼吸と同じくらい自然なことに感じられた。

バターミルク事件の翌日、ジルとわたしは自分たちの大胆さにおののきながら、公営プールで午後を過ごした。誰もがリッチー氏のごみバケツの話をしていた。それはもう伝説で、町じゅうに広まっていた。ジルとわたしは大きなサングラスをかけて自分たちの本性を隠した。本当のわたしたちの姿が誰にわかる？　誰にも。わたしたちが何をしでかすか知っている人は？誰ひとり知らない。

プールの深いほうの側のコンクリのうえに広げたビーチタオルのうえでわたしたちは体を伸ばした。わたしの脚よりずっと長いジルの脚がいやでも目に入った。この夏ジルは急にきれいになった。八月になったら、小さいときからジルを知っている人たちでさえ、それがジルだとわからないでしょう。まあ、ジルなの？　人びとはまるでジルがまぼろしかなんかみたいに、そう言う。本当にジルなの？

「見つからないうちにやめたほうがいいよ」ジルはとけかかったアーモンド・ジョイを食べながら言った。わたしはいつものようにダイエット中で、おやつに細く切った人参をもってきていた。人参以外のものはほとんど食べなかったら、わたしは指もつま先もオレンジ色に染まっていた。

「冗談じゃない」わたしはウサギみたいにポリポリと人参をかじりつづけた。「始めたばっかりじゃないの。カッスル氏はどうするの？」わたしは言った。「まだ何もしていないよ」

ジルもわたしもカッスル家でベビーシッターをした。そのうちにはかわいい子どもがふたりいる。四歳のエイミーと世界中で一番すてきな赤ちゃんのパール。先月カッスル氏はジルを車で家に送るときに二度、すごくいやらしいことをした。一度はおやすみのキスをさせようとし、あと一度のことは、ジルはわたしにさえ言わなかった。わたしはどんな小さなことでもジルに教えているのに。わたしはなんとかして聞きだそうとして、絶対誰にも言わないからと誓ったけど、それでもジルは言おうとしなかった。

とにかくジルはカッスル家でベビーシッターをするのはやめた。わたしもジルに味方してやめた。カッスル夫人は三度もうちに電話してきて拝まんばかりだったけど、わたし、伝染する細胞の病気にかかっていて、経過も思わしくないんです、とわたしは断った。本当を言うと、カッスル夫人にはすまない気持ちだった。彼女はベビーシッターのために、余分のポテトチップスやコーラを用意してくれるし、このごろどう？　と聞いてくれる。ベビーシッターにそんなに親切にしてくれる人はめったにいないのだけれど、でもわたしは細胞の病気を言い立てた。エリナー・ネーグルがカッスル家のベビーシッターに雇われたことを知ると、わたしは言った。エイミーは手に負えない子で食べものを投げ散らすわよ。赤ん坊はしじゅう下痢をするし、それにキッチンの戸棚に真っ黒なゴケグモがうろついているから、あの家は素足で歩かないほうがいいわよ。あとでエリナーがカッスル家に姿をみせなかったと聞いたとき、彼女はとくに仲のいい友だちじゃないけど、考え直してくれたのは嬉しかった。

カッスル氏への復讐はほかの場合と違っていて、そのことを最初からわたしたちは意識していた。バターミルクやカテージ・チーズや石炭はもう卒業だった。そんなものよりずっと重大な領域にわたしたちは足を踏み入れていた。ジルの家の裏庭で落ち合ったとき、ふたりとも大胆になっていた。いよいよ本当の復讐をしようとしていて、引きさがることはできなかった。わたしたちは無理と承知している可能性を話しあった。火事、洪水、毒虫さえも。たきつけとマッチで彼のガレージに放火しよう。庭のホースを地下室の窓にとおして、目一杯蛇口を開けよう。モニカ・グリーリーの弟をけしかけて、彼が川のそばで捕まえたリスたちをカッスル家のガレージのなかに放そう。でも実を言うと、カッスル氏以外の家族をひどい目に合わせたくなかった。それでカッスル氏の車に攻撃の的をしぼった。リンカーンの新車で、奥さんが買い物に行くときも使わせないほど、彼はそれを大事にしていた。

カッスル家はメイプル通りに面していて、開発された地区の端にあった。隣は昔の農家で、二〇〇年もまえに建てられた屋敷だった。このあたりの人たちがこの地区を避けるのはもっともだ。この境界線の向こうは草ぼうぼうの野原で、そのはずれに主要道路に出るサービス道路があるだけ。そこにいるとさみしくて迷子になったような気持ちになるのだけど、わたしたちの最後の復讐をしようとしていたその夜も、そんなふうだった。わたしたちはジルのお父さんが地下室に蓄えておいたペンキを三ガロン盗みだした。わたしは一ガロン入りの缶しか運んでいなかったけれど、重かった。歩くとき缶がすねや膝にぶつかった。でも文句は言えなかった。二ガロン運んでいるジルが泣きごとを言わないのだもの。ジルは闇のなかをまっすぐに見つめていた。空気は湿って暑く、町中の蚊が孵化して、どの蚊も血に飢えているみたいだった。頭のなかだけで考えていたことを、実際にやろうとしていて、なんだか夢のなかにいるようだった。気がつかないうちに何か運命みたいに避けられないものの内側に入っていた。

カッスル家と農家とを隔てる生垣の後ろで襲撃の準備をすることになっていた。わたしは兄の道具箱からねじ回しをもち出し、クローゼットから革の手袋を引っつかんできた。指紋を残さないためだ。まだジルには話してなかったけれど、わたしはこれを最後の復讐にしようと決めていた。復讐をはじめてから、緊張でわたしは胃をやられている。暗闇もこわくなった。自分の家の近くのこの通りを歩いていても、背筋がぞーっとする。まるでいつなんどき地球の表面から落下するかもしれなくて、一歩踏みはずしたら、それだけで地上から消えてしまう、そんな感じなのだ。

「考え直したほうがいいかもよ」カッスル家にきたときわたしはジルに囁いた。

「どういうこと？」ジルは言った。「やろうと言ったのはあんたよ」

「わかってる。でも今までやったのは他愛もないお遊びだったけど、今度のこれは重罪かも。わたし、気が変わった」

「そう、わたしは変わらない」ジルは言った。

ふたりのうちでリーダーはわたしだと、わたしはいつも思っていた。でもにわかに自信がなくなった。

「自動車を破損するのが国の法律に違反することだったら？　わたしたち監獄行きだよ」

ジルが喧嘩ごしになったり、わたしを臆病者とあざけったら、たぶんわたしは背を向けて家に帰ったでしょう。でもジルはどちらもしないで、泣きだした。黒づくめの姿で生垣のそばに立ち、頭を垂れていたから顔は見えなかったけれど、泣いているのがわかった。泣くときはいつも肩がそんなふうに震えるから。

「いいよ」わたしは折れた。「あいつはひどいことをやったんだから」

わたしたちは声を出さず音を立てずに生垣の隙間をくぐった。息をほとんどとめ、頭の働きも停止させていた。ペンキの缶を下に置いて準備を進めようとしたとき、生垣のこちら側は何か様子が違うことに気がついた。わたしたちは深呼吸をし、息をいっそう深く吸いこんだ。驚くほど甘い匂いがあたりに漂い、体をかがめて前進してゆくと、そのわけがわかった。古い屋敷はバラで覆われていた。小さな赤いバラたちが今夜いっせいに開こうとしていた。おびただしい数のバラがペンキのはげかけた羽目板を隠し、屋根のうえで蔓がからみあっているので、去年の冬の嵐のときに吹き飛んだ屋根板のあともわからなかった。

「こんなバラ、見たことある？」わたしはジルに言ったが、ジルは聞いていなかった。自分用の黒い革手袋をはめ、わたしの手袋を渡した。

「急いで。ペンキの缶の蓋を開けなきゃ」

今までにこの古い屋敷のまえを何千回も通っていた。なのにバラに気がつかなかったのだ。バラたちはこの日の、この時刻にしか開かないのだろうか？　わたしが見ようとしなかったからだろうか？　わたしはどうしても一輪ほしくなった。こんな花がわたしたちの町で育つのだという証拠を手に入れたかった。

「すぐ戻るからね」わたしはジルに囁き、ジルが呼び止めるまえにまっすぐに屋敷に向かった。こんなきれいなものを見るのは初めてだった。それは深く染みこんでくるような美しさで、だから伝染力があって、自分まで美しいと思えてくるようだった。わたしは夢中で眺めていたので、誰かが正面のポーチに出ていることに気がつかず、気がついたときはもう逃げ出せなくなっていた。それはデニソン夫人で、まえに会ったことはなかったけれど、彼女だとわかった。みんなの話では一〇〇歳になっているという人。この屋敷で育ち、彼女の親たちが所有していたじゃがいも農場は、このあたりが最初に開発されたとき、細分されたそうだ。デニソン夫人は変わり者だとも聞いていた。客間に銃を置いていて、人嫌いだとか。彼女の前庭の芝生を歩こうなんて思う人は用心したほうがいい。

「あの、何もしていません」デニソン夫人を見るとすぐそう言ったけれど、わたしはこのうえなくばつが悪かった。

「そう、いいから取りなさい」彼女はわたしに言った。

「取るって？」わたしは言ったけれど、デニソン夫人はごまかしのきく相手ではないことがその場でわかった。

「いいですよ」彼女は言って、バラたちのほうを顎でさした。

「わかりました」わたしは一番近い枝からひとつバラを取った。

「どうして手袋をしているの？」デニソン夫人が訊いた。

そう訊かれて嘘をつくこともできたのに、わたしはそうしなかった。嘘をついても何にもならない、とわかっていた。みんながデニソン夫人について教えてくれなかったのは、一〇〇歳であろうがなかろうが、彼女は見抜く人だということ。

「どうして手袋をはめているか話したら、共犯者にさせちゃう。だから何も言わないほうがいいんです」

「じゃあ訊きません」デニソン夫人は納得したようだった。

ジルはじりじりしてわたしに合図を送っていた。

「お友だちが困っていますよ」デニソン夫人は瞬時に事態をつかんだ。それは確かだった。

「あの子にはそれなりにわけがあって」わたしは言った。

「あなたがたの年頃のとき、このバラを植えたんですよ」デニソン夫人は言った。「それがご覧なさい。今では……」

「すごい、っていうか、びっくりしちゃって……」

そのときわたしの目に涙が溢れていた。ときどき世界はガチャンと割れて、一瞬のうちにその奥の姿を現わす。湿った闇のなかで、わたしは引き返すことはできないのだと悟った。やめようとして、脚を引き摺ってでも戻ることができたのに、どういうわけかわたしたちは引き返さなかった。デニソン夫人は家に入り、わたしはバラを手に、暗闇のなかにしゃがみこんでいるジルのところに戻った。

「もうこの計画はおしまいね」ジルの声は疲れきったように震えていた。

「なぜ？」奇妙にもバラたちの香りがわたしたちにまとわりついていた。

「だってあの人、警察に言うわ。わたしたちの名前も知ってるし」

「そんなことしないよ」わたしは言った。

「どうしてわかるの？」ジルは食いさがった。

でも絶対に確信できることがある。たとえば、カッスル家の車道に入って缶をもちあげたら、白いペンキがあのリンカーンの屋根に流れ、ボンネットにしたたり落ちることをわたしは確信していた。油性のペンキで、星を見るときみたいにうっとりするほど白いペンキ。ジルに腕を摑まれなかったら、わたしは車の横にいつまでも突っ立っていたでしょう。駆けだしたとき、アスファルトに足跡をつけてしまったけれど、冷静なジルの判断で、わたしたちはたくさん足跡を残すまえに立ちどまって靴をぬいだ。

ジルはペンキの缶とねじ回しを置き去りにしなかった。翌朝警察が呼ばれたときには、何の証拠も残っていなかった。ご近所の人たちはほとんど全員が質問を受けたけど、何か答えられた人はいなかった。脚に白い油性ペンキをつけた二匹の猫と、メイプル通りの角に落ちていたペンキまみれの一輪のバラ。それ以外の手がかりはなかった。デニソン夫人は警察に何と話したのだろう、と今も考える。もしかするとデニソン夫人は、あの夜夢のなかで歩いてポーチに出て、わたしと話したのも夢だと思ったんじゃないか、と考えることもある。とはいっても、次の金曜日に彼女に会いに行ったとき、わたしが誰か、ちゃんと覚えていたけれど。

とにかくカッスル氏の車を台無しにした犯人を警察はついに見つけられなかった。カッスル氏は犯人の逮捕につながる情報に五〇〇ポンドの報奨金を提供した。でもそれ以上の情報は出てこなかった。ときどき何の理由もなく、ジルが大声で笑い出すと、カッスル氏の車を襲撃したあの夜のことを思い出しているんだとわたしは思う。でも本当のところはわからない。友だちのことはよく知っているという、ただそれだけ。煎じつめれば、親友だって謎だ。たとえばジルはわたしが今でもデニソン夫人のところに行くのは、彼女が警察に言うのを心配しているからだと思いこんでいる。でもそれは違う。わたしはあのポーチに座りに行くだけ。むかし見渡すかぎり家が一軒もなかったころ、このあたりがどんなふうだったか、そのころ日暮れはゆっくりと訪れ、バラたちはひと夏じゅう咲いていた、そういう話をわたしは聞きにゆく。

逃走

ユージン・ケスラーはわたしの兄の親友だと思われていた。でも彼と共通点が多いのはわたしのほうだ。ユージンとわたしが互いに好きあっているとか、わたしたちのあいだにロマンスが生まれそうだとか、そういうことじゃなかった。彼とわたしに共通なのは、わたしたちがそこに住むことを運命づけられているフランコーニアという町を軽蔑しているということ。この町の人たちの想像力は眠りこんでいる。それだけはこの町に足を踏みいれた瞬間からはっきりわかる。町を歩くと見えてくるのは、フランコーニア高等学校、フランコーニア商店街、フランコーニア食堂、高校卒業のダンス・パーティや、不倫の密会など特別のときに使うフランコーニア・ステーキハウス。ユージンとわたしはその店をマリーと呼んでいた。マリー・フォーチュナが高校のサッカーのコーチをやっている恋人と、その店でアンチパスタを食べているところを旦那さんに見つかったからというだけじゃなく、フランコーニアという名前にもうんざりしていたからだ。

ユージンとわたしは組んで、学期末レポートを売って遠出のときのお金を稼ぐという仕事をやっていたので、六月は一年中で一番忙しかった。でも月末ともなると、わたしたちはもう質のいい仕事はできなかった。期日が迫り、馬鹿な子たちはパニックに陥り、わたしは徹夜でレポートを書いた。わたしが夜中を過ぎても書いている理由はほかにもあって、兄がわたしたちの仕事に強く反対していたからだった。ジェイソンは心底誠実で善良だから、彼のまなざしを向けられると、自分が卑劣な堕落した人間だと思えてしまう。でもわたしが同時進行で三個ときにはそれ以上のレポートを書くわけは、ユージンが仕事の割りふりをしていて、仕事の三分の二はわたしにまわすからだった。何といっても彼がこの仕事を始めたのだから、彼が共有の銀行通帳に預けてあるお金のことも含めて、全部を取りしきるのは当然のことだった。というか、わたしが不平を言うと、いつもそれが彼の答えだった。それに自分の立場をよく考えると、彼が提案する取引きを承知して、口外しないことはそれほど難しいことではなかった。八月になればユージンはこの町から出てゆき、その時点でこの仕事は全部わたしのものになるはずだった。ユージンとジェイソンはハーヴァード大学から入学許可をもらっていて、そんなことは今までこの町では誰もやり遂げたことがなかった。

そんなわけでわたしはレポートを次々に書いた。世界の主な宗教について書き、それから文学にとりかかって、高校二年生のためにシェイクスピアの喜劇、三年生のために悲劇を仕上げた。夢日記を書き、わたしの作り出したいろんな家族についてエッセイを書いたけれど、ときにはとても感動的な内容になってわたし自身涙が出てきた。少なくともそうやってレポートを書いていると、その六月の耐えられない暑さから気がまぎれた。昼となく夜となくセミが鳴きつづけ、まるでご近所の前庭の芝生で小さな爆弾がいくつも炸裂しているような残響をとどろかせていた。その鳴き声からも、ほかのたくさんのことからも、わたしは注意をそらしたかった。わたしがたぶん永久に髪の毛を台無しにしてしまったことも考えたくなかった。わたしは髪を黒く染めて、切れない爪きり鋏で前髪を短くしすぎたので、まるでショックを受けっぱなしのようなぽかんとした顔に見えた。たぶんそういう状態だったのだろうし、そうなってもおかしくなかった。少しまえにお父さんは家を出てゆき、お母さんはほとんど部屋にこもりきりになった。いつも寝てばかりいるうちのラブラドール・レトリーバーさえ、お向かいのフィッシャーさんのうちの猫に襲いかかった。それであたりをうろつけなくさせるために、うちの裏庭に鎖でつながれ、セミを食べては吐いていた。

そのあいだにも温度は上がりつづけた。学校では教室で生徒たちがばたばた倒れた。フランコーニア商店街の駐車場で喧嘩が起こり、激しく対立して譲らず血が流れた。そのあとではすさまじいセミの鳴き声とエアコンの唸る音だけが聞こえていた。そんななかでわたしは誰もかれも嫌だった。もちろんジェイソンは例外、ジェイソンは憎むには清らかすぎる。それ以外の、フランコーニアに住んで呼吸をしている人はみんな嫌だった。

この時期にわたしを理解しているように見えた唯一の人間はユージン・ケスラーで、そのことはとてもこわい発見だった。掛け値なしに暑くて、深呼吸するとほっとするくらい空気が重く湿っている夜に、ユージンが彼の家の裏庭に出ているのが見えた。どういうわけか、彼の感じている孤独がわかって、孤立という経験を彼と共有していると思うと、震えるようだった。ふた夏まえにユージンはパークウェイの休憩所で大きなミミズクを見つけて飼っていた。ほかの人たちがエアコンを強にして家に閉じこもっている夜に、ユージンはそのミミズクを籠から出して飛ばせた。警察署の警部補から、トイプードルがさらわれる事件があったから、ミミズクはいつも籠に入れておくように、と言われていたけれど、ユージンは自然淘汰について彼なりの考え方をしていた。角の家にいるヨークシャテリアやメイプル通りで垣根ごしに吠えるチワワは、頭上にミミズクの影を感じたら走って身を隠せばよいので、逃げ切れるかどうかの運命は犬たちの前脚にかかっている、というのがユージンの考えだった。

ジェイソンは違っていた。ユージンのようではなく、わたしのようでもなかった。ジェイソンはいつも規則を守った。生真面目で品行方正だったから、ティーンエイジの女の子たちが始終彼を追っかけていた。何人かは一年かけて彼を誘惑しようとした。でもジェイソンはほかのことに興味があった。自由な時間のすべてを三年次の科学レポートに費やし、そのために部屋で二〇匹のハムスターを檻に入れて飼っていた。一〇匹には種や穀物のバランスのとれた食事を与え、あとの一〇匹の餌はツインキー（クリームが中に入ったスポンジケーキ）だけだった。ジェイソンは家を出るまえに、この実験を終える予定だったが、もう結果は明らかで、ツインキーだけの一〇匹は太っているうえに利口だった。ジェイソンが部屋のドアを開ける音がすると、彼らは走って餌場に行くが、もう一方の種と穀物のハムスターたちはただ車を回しつづけるだけで毎晩同じように希望もなくぐるぐると円を描いていた。

　ユージンがジョーイ・ジョーゲンズの歴史のレポートを書くのを忘れなかったら、たぶんジェイソンは実験をやり終えたことでしょう。でもユージンは目前に迫った出発のことや将来の計画で頭が一杯で、わたしたちの仕事に注意が向いていなかった。ユージンはレポートの期日に渡しそこね、ジョーイはかんかんになってわたしに電話してきた。わたしは翌朝八時までにセーラムの魔女裁判について一〇頁書くからと約束してどうにか彼をなだめた。

「怒るなよ」翌日わたしの顔を見るとユージンは言った。

　高校のフィールドにいるわたしたちのところにジョーイは直接レポートを取りにきた。あたりまえのことだけど、わたしはユージンと口をきかなかった。二時間しか眠っていなくて、そんな気分じゃなかった。

「スー・グレコの『ロミオとジュリエット』はおれが書くよ」ユージンは誓った。わたしがシェイクスピアのレポートが苦手なこと、自分のレポートも提出期日を過ぎていることを彼は知っていた。「ホロウィッツは産業革命だっけ？」ユージンは囁いた。「おれが書くからさ」

そのときジョーイ・ジョーゲンズが目の前にいた。「ぼくのレポートは？」

ジョーイは話が得意な子ではないが、ジーンズのポケットから一五ドルを出してくれればそれで十分だった。わたしが自分の作品を渡そうとすると、ユージンが手をのばした。「タイプミスがないか、見るよ」

「駄目！」わたしは言った。「徹夜したのはわたしよ。このレポートはわたしの仕事よ」

「破かないようにして」ジョーイ・ジョーゲンズがわたしに注意した。たぶんわたしはレポートをぎゅっと握っていたんだと思う。ユージンはわたしの指をこじあけてわたしの作品をもぎ取ろうとし、わたしは渡すまいとし、そうやって誰にとってもどうでもいいレポートを取り合っているところを、副校長のプロスペロ先生に見つかった。そして不幸な結果となった。

九時一五分には三人とも停学処分になっていた。ジョーイ・ジョーゲンズはサマー・スクールに行くことになっていたから、停学処分はそんなに影響しなかった。でもこうなったらユージンは卒業できない。たぶんユージンは高校の建物をじっと見つめてしばらく立ち尽くしていたと思うけど、そうじゃなかったかもしれない。わたしはすぐに家に帰った。自分のことしか考えていなかった。要するに夏が台無しになったのだ。ほかの人たちが楽しんでいるあいだ、わたしは机のうえでパンが焼けるくらい暑い教室で『ロミオとジュリエット』を読んでいなきゃならない。

当然ジェイソンはなにもかもわたしが悪いと言った。あの仕事を始めたのはユージンで、わたしはリクルートされただけ、というのはジェイソンにはどうでもいいことだった。

「ユージンは一緒にハーヴァードに行けるんでしょ」それはあり得ないとわかっていたけど、わたしは兄にそう言った。サマー・スクールでは二科目以上は登録できないから、ユージンは四単位足りない。

たかが一五ドルのために将来を棒に振るとは何事か、とユージンに言おうとジェイソンは電話をした。でも居間に戻ってきたジェイソンの顔はもう怒っていなかった。ユージンはすでに銀行に行って共有の全財産を引き出していた。それから家に戻るとお母さん宛に短い手紙を残し、そのなかでお金はいつかかならずわたしに返すからと誓っていた。あてにしようとは思わなかったけれど。同じ手紙のなかに、これから飛行機の切符を買うところで、この手紙を読むころには、ぼくはサンフランシスコ行きの飛行機に乗っていると書いていた。一年間ただ働きをしたことに、腹を立ててもよかったのに、わたしは怒っていなかった。ユージンの家に行って、今まで百万回も聴いた話をケスラー夫人が繰りかえすのを聴いてあげた。まだ二歳半のときにユージンは自分で辞書が読めるようになったという話だ。ケスラー夫人は奇妙な表情を浮かべていて、お父さんが出ていったあとのお母さんの顔をわたしは思いだした。そしてこれまでのような夏はもう来ないのだと思った。

わたしは心の奥底でこのすべての出来ごとに責任を感じていたのだと思う。感じていたからこそ、ユージンの家にいた時間のどこかで、ユージンが戻ってくるまでミミズクの世話はわたしがします、と言ったのでしょう。もちろんケスラー夫人は厄介払いができるのを喜んだ。床に膝をついて、ミミズクを檻のなかに誘導するのを手伝ってくれた。わたしはミミズクを揺らさないように用心して家に運んだけれど、うちの居間の床に檻を置いたとたん、自分の間違いに気がついた。とにかくミミズクはうちに来ると、ひどく大きく見えた。足なんかラブラドール・レトリーバーの足くらい大きい。この巨大なペットと同じ部屋にいることなんか無理だ。わたしはキッチンに行って、手当たり次第に電話をかけわたしが停学になったことを知らせた。

でもユージン・ケスラーと話をするようなわけにはいかなかった。それでもわたしは長い時間電話をしていたので、ミミズクがハムスターを一匹残らず殺したのを最初に発見したのはジェイソンだった。檻の戸が開いていたのか、それともミミズクがわたしの知らない開け方を知っていたのか。正直言ってミミズクにとって脱走の手段はどうでもよかった。ジェイソンが部屋に入ったとき、ミミズクはエアコンのうえになすすべもなくしょんぼりと羽を逆立てて座っていた。なんとかハムスターを全員やっつけたものの、檻の網目のあいだから彼らを摑むことはできなかったのだ。

兄は大学に行くまえに実験を終えたいと思っていたが、その必要はもうなくなった。実験は終わりだった。ミミズクがユージンのものでなかったら、ジェイソンは殺したと思う。そうするかわりに彼は出ていって六羽の生きたヒヨコをペット店で買ってきた。でもミミズクは食べようとしなかった。何日も何週間も見まもったが、ミミズクはついに回復しなかった。エアコンのうえにとまったまま、たぶん暑さのせいで羽が一枚また一枚と抜け落ちていった。それとも自分を自由に飛ばせてくれたユージンが恋しかったから？　フランコーニアの暗い空に走る一筋の稲妻のように、ポプラや野生のリンゴの木々の上を飛び、家々の中庭を偵察させてくれたユージンが。

グレーテル

その年は嫌な夏で、誰もがそう感じていた。まるでその夏に起きていることは例外だというように、苦痛や猜疑がその季節にだけ存在しているかのように、今年は嫌な夏、とわたしたちは好んでそう言った。うちの家庭がばらばらに壊れつつあるのは明白で単純な事実だったけれど、あからさまにそう言いはしなかった。一五歳にしてはわたしは多くのことを知りすぎていたし、この調子でゆけばすぐにもっと多くを知ることになるのでしょう。何もかもが同時に悪い方向に向かったりはしない、と出まかせに言うようなことはわたしにはもうできなかった。わたしが知るなかで一番楽天的な親友のジルでさえ、わが家の様子をわたしが話すたびに、首を振って「ほんとう?」と言った。脚を組んでわたしのベッドに座り、憑かれたみたいにマーブルチョコを食べながら、家族がそんな状態だったら、あんたが自信喪失に陥っても当然だわ、と言った。でもジルはいい性質で、どんな場合でも一番いいように物ごとを見ようとする。正直言ってわたしには自信喪失とノイローゼの区別が見えなかった。

少なくともわたしはふさわしい場所にいた。フランコーニアはずっとノイローゼの人たちの町だったから。フランコーニアが世に誇れることのひとつはそれだ。カフェにはきまって頭の変な人たちがいる。一目でわかるわけじゃない。最初はしごく普通に見えるんだけれど、ずっと観察していると、ブラック・コーヒーを注文した女がじゅくじゅくとコーヒーカップのなかに熱い涙を注ぎこんでいるし、その隣の男は、黄身を表にした目玉焼きをまえに、ひとりごとを唱え、世界で一番偉いと思っている自分を相手に大得意で気炎を上げている。ＰＴＡ会長をしていて、この町一番のチョコレート入りクッキーを作るジルのママでさえ、去年の秋にはショック療法を受けた。その結果まえのように落ちこまなくなったものの、クッキーは彼女の新たな情緒の状態の犠牲となった。今では味がなくて石鹸みたいで、これでカロリーを取ろうとは思わないし、噛んでいる時間がもったいない。

うちのお母さんはいつも他の人たちの悩みには立ちあったけれど、でも断固として自分のことで悩みはしなかった。頭が切れておもしろくて、すてきな冗談を言い、セーラムを吸って、まわりの誰をも自信喪失に陥れるお父さんと夫婦であるにもかかわらず、本当の愛の存在を信じていた。

家を出てから、お父さんはシーという女と深い仲になって、七月四日に結婚した。ふたりの結婚式のことを知りたい人はわたしに訊いてもしょうがない。わたしは招かれなかったのだもの。一週間あとで、普段そんなことはしないジェイソンがわざわざジルのうちにやってきたときまで、わたしは結婚のことを知らなかった。ジェイソンは秋にこの町から出て大学に行くことになっていた、というか、そういう計画だった。でも最近のジェイソンからは近々どこかに出てゆくという気配が消えている。彼の親友で、わたしのビジネス・パートナーのユージンがカリフォルニアに行ってしまった一週間後に、ジェイソンはフード・スターの惣菜売り場に職を見つけ、それから何かが変わった。惣菜売り場になじみ始めた様子で、青果売り場のテリー・ロパッカという女の子とデートするようにさえなった。大きなフラフープ・イヤリングをつけて、質問をされても微笑むだけのぐずっとした子だ。正直言って、学校にいたころのジェイソンならテリーになど見向きもしなかったと思う。きれいな顔にすてきな微笑を浮かべてレモンやライムのそばに立っているテリーが目に入るまでは、まったく無関心だったでしょう。

わたしを連れ戻しにジルの家にきたとき、ジェイソンはいつものジェイソンとは違う人間に見えた。この人は誰なの？　わたしは教えてほしかった。うちの家族はどうなっているの？ジェイソンは学校で科学関係の賞を総なめにし、ハーヴァードへの早期入学を認められていた。なのに今では古い汚いTシャツを着て、お母さんからくすねたセーラムを吸っていた。フィルターのところまで吸って、それでもやめようとしなかった。それに眠らなくなっていたのではないかと思う。いつも晴々として優しかった彼の表情はゆがんでいた。楽観娘のジルでさえ、うちの家族の不幸がジェイソンにこたえていることがわかった。

「ワーオ」ジルが声をあげた。ジェイソンがフィッシャーさんの中庭を横切って、インパチェンスやダリアを踏みつけていることにもまったく気づかず、こちらにやってくるところだった。「ひどい顔よ」ジルは溜息をついたけれど、その明るい小さな声が状況のすべてをいっそう暗いものに感じさせた。

もちろん最悪の問題はお母さんの病気だった。五月に診断を受けていたのに、わたしたちには黙っていた。最初お母さんがしじゅう眠っているのは、お父さんとシーのことで落ちこんでいるからだと思った。シーは当然お母さんより一〇歳若く、そのことが屈辱となってお母さんの傷を深くした。お母さんは普通のときでもそんなに寝ない人だった。普段は真夜中に友だちと電話で喋ったり、新しい料理を作ったり、かと思うと考えられないような時間にキッチンの壁を鬼ユリみたいなオレンジ色や、淡いグリーンに塗りかえたりした。お母さんの目は黒々と燃えていて、テレビに向かってやり返した。妻やまわりの女にひどい仕打ちをする俳優が現われれば、ご立派ね！　とやじり、メークもぐちゃぐちゃにして涙を流している女に向かって、しゃんとしなさいよ！　と叫ぶ。でも今ではすっかり変わった。お母さんは午後ずっとベッドに横になったままで、すごく痩せた。夜遅く、泣いているのが聞こえた。わたしが眠っていると思っているのだ。

お母さんが癌だと教えてくれたのはジルのママだった。ジルの家に夕食に行っていたとき、ハリントン夫人はわたしを裏庭に連れだして、わたしたちがもう遊ばなくなったジャングル・ジムのそばで両手をわたしの肩に置き、それから教えてくれた。今すぐ言うほうがあなたのためだから、と。いつもそんなふうにまわり道をして自分の家族のことがわかるのだけれど、そんなふうだと本当のことをストレートに知るよりも悲しい気持ちになる。今、耐えられない七月の熱気がたちこめ、セミが焼け切れるような声で鳴いているなかで、ジェイソンは最近癖になった投げやりな様子で、来いよ、とわたしに合図した。

わたしたちは無言のまま、ジルの家の敷地の外に出、うちに向かった。まわりじゅうのアスファルトが溶けかかっていて、たぶんジェイソンとわたしは同じことを考えていた。六月にこの町を逃げ出したユージン・ケスラーは、間違いなく、今わたしたちがいる場所よりもずっといいところにいるのだ、と。

「あいつら結婚した」兄は言った。あのゆがんだ表情を浮かべて。

誰のことを言っているのか、わたしはわからなかったけれど、黙って聞くうちに、ジェイソンがお父さんとシーのことを話しているのだと見当がついた。そのころわたしはマスカラをつけていて、そのせいで実際はそうじゃないのに涙ぐんでいるみたいに見えたんだと思う。

「やめな」兄は下品な言い方をした。まえにはそんな言い方をしなかったのに。でも現実に面と向かわなきゃならなかった。ジェイソンは今はそんなふうなのだ。

「やめるって何を？」わたしは言った。たぶんジェイソンはわたしが泣いていると思ったのだ。でも泣いてなんかいなかった。「ママは知ってる？」家が見えてきたとき、わたしは訊いた。道には同じような家が並んでいたけれど、どういうわけか、うちはどの家よりもしょぼくれて見えた。少なくともわたしには。

兄は単刀直入な質問にもう答えることができなかった。「六時に迎えにくる」そう言うと玄関のドアをバタンとしめてなかに入った。

お父さんが前庭に植えた二本の糸杉のおかげで、うちのなかは夏でも暗い。それでも息がつまるように蒸し暑かった。わたしはお母さんの部屋に行った。この暑さのなかお母さんは布団をかぶっていて、眠っているのか起きているのかわからなかった。

「あいつが迎えに来るんだってね」お母さんは言った。

眠っていないことがわかったので、わたしは部屋に入ってベッドの縁に腰かけた。ナイト・

テーブルの上に水とオレンジ・ジュースのコップがあったけど、手をつけていなかった。喉がひりついて何も飲みこめないのだ。お母さんの目はこれまでないほど熱っぽく光っていた。ときどきお母さんには何もかも見えるみたい。心のなかをまっすぐに見通せるみたい。

「レストランに連れてってくれるなら、一番高いものを注文するのよ」お母さんは指示した。「食べても食べなくてもね。前菜は三種類にして、まずシュリンプ・カクテル」

そこでふたりとも笑っちゃった。お父さんはお金を使うのを嫌がるからだ。お父さんは身なりのだらしない女の子も嫌いで、そういう子は親の恥だと思っている。だからわたしは一番古いジーンズと、破れてしみだらけのシャツを着た。二、三週間まえにひどい切り方をした髪の毛は伸びかかっていた。そんな外観はわたしの気持ちそのままで、ジェイソンが玄関のポーチに出てきてわたしと待っているときも口をきく気になれなかった。

六時一五分にお父さんの車が歩道の縁に停まり、あのいやらしいシーが運転席にいた。彼女とは二、三回会っていたけれど、それほど気にとめて観察しなかった。でも今車のホーンを鳴らしたとき、彼女はお母さんと正反対、自分中心で欲張りな人なのだということがピンときた。お母さんは違う。自分のために何かを欲しがるということのない人。一度食堂の椅子やテーブルのセットに目をとめたことがあったけれど、それを手に入れることさえなかった。

「急いで」シーはわたしたちに呼びかけた。「遅れちゃうわ」

お父さんは仕事から直接レストランに来て、そこでわたしたちを待つことになっていた。ルアラノーという高級レストランで、フランコーニアから二つ三つ先のローズ・ヴィレッジという町にあった。一度も行ったことはなかったけれど、シュリンプ・カクテルはきっとあるはずだ。うまくいけば牡蠣もある。

シーはうちの近くをめちゃくちゃなスピードで通りぬけた。お父さんをレストランで待たせるくらいなら、キックボールをしている子どもたちを轢くほうがいい、みたいな運転だった。車の窓はあいていて、高速道路に入ると空気は体にささる熱線のようだった。

これからディナーを食べるのは立派なお店なのよ、服装はきちんとしたほうがいいわね、などとシーは喋っていた。服のことはもちろんわたしへの当てこすりだったけれど、彼女の服のセンスがいいとは思わなかった。それから彼女は本題に入り、お父さんと彼女が最近買った家は一見広そうに見えるけど、ふたりが住むのにちょうどいいサイズなのだと言った。その家に一緒に住みたいなどとわたしたちに考えさせまいとしているのだけれど、わたしとしてはクモと一緒に住むほうがましだった。ジェイソンの横顔を見ると、完全に無表情だった。最近よくそんな顔をしている。いくらノックしても入れてくれない扉のような顔。三か月のあいだに、それまでずっとハーヴァードでの進路を考えていた彼は、ロボトミーの手術を受けたみたいな、惣菜売り場の店員になってしまった。

シーは猛スピードで運転し、それよりすごいスピードで喋っていた。陰険でもってまわった言い方でわたしたちの状況を、つまりあなたたちは二級市民なのよ、ということを伝えるつもりだったのでしょう。まるでわたしたちがそれを知らないみたいに。お母さんがその車に乗っていたら、停車するようにシーに命令したと思う。昔わたしたちが小さかったころ、わたしたちが乗ったバスがアトランティック・シティまでずっとスピードを出しつづけだったとき、お母さんはその運転手のところに行って、彼をピシャッと叩いた。乗客のなかの幾人かは拍手し、そのあと運転手は速度を落とした。

シーはようやく高速からおりたけれど、相変わらずスピードを出していた。そしてわたしたちと一緒にいる一刻一刻が、死ぬほど苦痛だったんだと思うけど、森を抜ける近道を選んだ。そこは郡の警察がときどき新人たちの訓練に使ううす気味悪い場所で、間違った方向にさまよい出ると、蔦や雑草のしたに地面のなかに人を引きずりこむ穴があるって言う人もいる。

森のなかは暗かった。でもシーはフォッグ・ライトをつけようとせず、買ったばかりの家具の話に夢中になっていた。彼女のハンドバッグのなかのものをわたしが取りだしはじめたのはそのときだ。後部座席のわたしの横にあるその革の大きなバッグは、金色の留め金がついていて見るからに感じが悪かった。最初に取り出したのはお財布で、クレジット・カードがぎっしり詰まっていた。わたしは一枚一枚開けた窓から外に滑らせ、それから現金に取りかかった。一〇ドル札や二〇ドル札を風のなかに飛ばすのはすごくいい気持ちだった。籠のインコを熱帯のヤシのなかに放してやるときも、これほどいい気持ちにはなれなかったでしょう。お金とかクレジット・カードとかそういう軽くて薄いものだけでやめておけばよかったのに、わたしはもっと固いものに移った。いくつかの薬の瓶、口紅の銀色の入れもの、ブラシ、鼈甲の櫛、オパールのイヤリングの入ったベルベットの箱。

たぶんシーはわたしのしていることに目をとめたか、バックミラーを覗いていろんなものが道沿いにばらまかれるのに感づいたのでしょう。シフォンのスカーフが灌木に引っかかり、サングラスが下水溝に浮かんでいる。彼女が急に車をとめたのでわたしたちの頭はがっくんと揺れた。傷害担当の弁護士に電話してむちうち症になったと訴えても当然だったけれど、シーはそんな選択の時間を相手に与えない人だった。

「あなたたちのお父さんの言うとおり」彼女はわたしに向かって言った。相手を痛めつけたいとき、人がよくやるように、ゆっくりとことばを発した。「あんたはたいしたあばずれだ」

人の本性はいざというときに必ず現われるものよ、とお母さんはいつも言っていた。どれほど隠されていようと、奥にあるものは必ず浮かび出る、と。

「待ってください」ジェイソンはわたしたちの継母に言った。「妹にそんな口をきくことは許しません」

でもシーは平気だった。車から降りなさい、すぐ降りなさいと言い、もうギアを入れていた。

「ここで、ですか？　置き去りにするんですか？」ジェイソンは言った。

彼の顔には妙な表情が浮かんでいて、一瞬シーを殴るんじゃないか、手をのばしてピシャリと打つんじゃないか、とわたしは思った。だがそうはしないで彼はドアをバタンとあけて外に出た。わたしもそれに続いたけれど、間一髪だった。わたしがドアを閉めるまえにシーは車を発進させ、だから走り去る車はまるで片羽がもげた鳥みたいな恰好でドアがばたんばたんと開閉していた。

「ぼくたち、置き去りにされた」黒い排気ガスの煙を高く噴き上げる車を見送りながらジェイソンは言った。

人間たちはお互いを紙屑かごみみたいに捨てあう、とわたしは思った。この暑い夏の夜に布団をかぶって眠っているお母さんのことを考え、うかうかしていると、しっかりと摑まえていないと、いろんなものが自分から離れていってしまうと感じた。

「大丈夫よ」わたしは兄に言った。「家までの道わかるもの」

灰を撒いたような色の空のどこかに、何かしるしがないものかと、わたしたちはじっと眺めた。わたしたちの背後には一筋の道と斧で切り開かなければ進めないほど繋った森があった。まだ夕食時だったけれど、もっと遅い時間のように思えた。

「なんとかしなくっちゃ」兄は最後に言った。「ぼくら迷子だよ」

本当のこと

うちの犬のリヴォルヴァーが逃げてしまったけれど、彼を責めるつもりはない。猫を見れば追いかけたから、その罰が当たったんだと思う。リヴォルヴァーの活躍について二一回目の苦情がきたとき、お母さんは兄に言って、リヴォルヴァーを桜の木に繋がせた。うちの裏庭で一番高くてがっしりした木だ。それでもリヴォルヴァーは、ラブラドール・レトリーバーの常として、元気にあふれて一途で、自由に憧れる犬だったから、近所の子どもたちは賭けを始めて、最初はリヴォルヴァーがなんとか脱出するかどうか、次には、夏が深まって気温が日増しにあがり、空が完全に平たくて白くなるころには、脱出の正確な日時を予想してお金まで賭けるようになった。

「あの木を引っこ抜く力があると思う？」或る朝、わたしの親友のジルは訊いた。わたしたちは桜の木の下でこっそり煙草を吸っていたけれど、熱気に押さえつけられて煙は昇っていかなかった。

「体力的に無理」わたしは言ったけれど、それは憶測にすぎなかった。いざというとき人間が発揮する力は誰も予見できない。赤ちゃんを救いだそうと二〇〇〇ポンドもあるオールズモビルを地面からもちあげた母親がいるし、燃えさかる石炭の上を歩いた男がいる。

お母さんはその夏じゅう病気だったし、ジルのお母さんも病気だった。といってもハリントン夫人の場合は一〇〇パーセント心の病気だった。ジルのお父さんは、原因は過労だと言いはったけれど、今回もノイローゼだった。病院にいるあいだに何か重大な治療がおこなわれたにちがいない。戻ってきたとき、ハリントン夫人は口をきかなくなっていたから。ただのひとことも。

「わたしをこき使う人間が一人減ったと思うことにしたわ」ジルは母親の現在の病状を話題にして、そう言った。

それでもジルの家ではぞっとすることがあった。キッチンに入って誰もいないと思って冷蔵庫をかきまわしてスナックを探していて、ふと振り向くとそこにハリントン夫人がいて、魂の一部を切り取られたみたいな、幽霊みたいな姿で、白い顔をしてひっそりとこちらを見ていた。

ジルもわたしも家に帰るのが嫌で、街角や裏庭にばかりいた。早朝、桜の木の下に座って、一日の計画を立て、夕暮れにそこに戻ってきた。そこに縛られたままのリヴォルヴァーは喘ぎ、まるでわたしたちの気持ちが全部わかっているみたいに大きな茶色の目でまじまじとわたしたちを見た。どうやっても苦痛から逃れられないときがある。どこへ行こうと、苦痛がにかわみたいにべっとり貼りついている。ジルとわたしはそんな状態にいるようだった。年齢とか性質のせいかもしれなかったけれど、とにかくわたしたちは悲しみのど真ん中で動きが取れなくなっていて、そんなわたしたちのまえで犬は太いロープに繋がれ、半径二〇フィートの外に出ることができないでいた。ふだんリヴォルヴァーはすごい走者で、事あるごとに全霊をかたむけて走った。一度など散歩させている途中でリスを見つけ急に走り出したので、わたしは引っ張られて道路に転び、手首を骨折したことがあった。でもリヴォルヴァーが悪いんじゃない。リヴォルヴァーみたいな犬を繋いでおくのは非人間的な仕打ち、というよりそういう残酷なことをするのが非常に人間的なのかもしれない。

「これは自然にたいする犯罪だね」リヴォルヴァーの大きな四角い頭を撫ぜて、わたしは言った。

「そうかな?」ジルは言った。「そうじゃないものってある?」

その夏ジルははじめて懐疑的になった。それまで、病気や暑さに見舞われるまえまでは、彼女はわたしの知るなかでいちばん優しい気持ちの持ち主だった。なのに最近では何事にも暗い面を見るようになっていた。完璧に近かったわたしの兄のジェイソンにしても結局ろくな人間にならずに終わると、ジルは断言しさえした。ジルの見るところでは、何もかもが悪い知らせで、勝ち目のないゲームだった。

確かにことリヴォルヴァーにかんするかぎり、そのとおりだった。リヴォルヴァーはスズメやミソサザイを、捕まえられないことを知ってじっと眺めているほかはなかった。何年もまえ、リヴォルヴァーを買ったのはお父さんで、家族たちとは違ってものを言わず、強くて従順なこの犬が自分のいい相手になってくれると思ってのことだったけど、意に反してお父さんはリヴォルヴァーに行儀のよいふるまいをしつけることができなかった。お父さんが玄関から入ってくると、リヴォルヴァーはいつも飛びつき、そのあとは絶対にじっとしていることがなかった。それでもお父さんが出ていったとき、リヴォルヴァーはひと晩じゅう、これまで聞いたこともないような、犬の声とも思えないほどのすごい声で吠えていた。猫を追うようになったのはそれからで、殺しはしなかったけれど羽交い締めにした。猫を前脚のあいだにはさみ、背骨にそって毛を嚙むだけで、問題はなかったのだけれど、レイモンド夫人の年寄りのペルシャ猫はリヴォルヴァーに押さえつけられているあいだに恐怖のあまり死んでしまった。レイモンド夫人からの電話が二一番目の苦情で、その電話でリヴォルヴァーの運命が決まった。今でもレイモンド夫人は毎日、窓から双眼鏡で外を見て、リヴォルヴァーがしっかりと繫がれているかどうか確かめている。

「くそばばあ」ジルは、垣根越しに裏庭の向こうのレイモンド夫人に言った。

この朝、すさまじい熱気で、空は爆発寸前みたいにごろごろと音をたてていた。リヴォルヴァーの鼻の端にハエが一匹とまっていたが、彼は動かなかった。リヴォルヴァーは最低の動物園にいる動物のような様子をしていた――うつろな目でこちらを見ているサルや、もう走ることのできないガゼル、籠に閉じこめられた鳥、吠えようともしないライオンのような。

その日一日わたしはリヴォルヴァーの鼻のハエのことが頭から離れなかった。ジルとわたしはジルの従姉のメアリアンのうちの裏庭のプールに泳ぎに行った。メアリアン自身は遠くの雷鳴を気にして泳がなかった。

「嵐がきたら雷が落ちるよ」メアリアンは警告した。

「いいじゃない」わたしたちは水に仰向けに浮いて、海藻のように髪をうしろになびかせた。

「雷にやられたら本望だもの」

夜になっても雷鳴は途切れずにとどろき、わたしは眠れなかった。真夜中に裏庭に出ると、あたりは真っ暗で、黒い毛皮のリヴォルヴァーは見分けられなかった。でも近づいてゆくと尻尾をバタバタさせる音が聞こえ、木の根もとに丸まった体に触ることができた。目は思うより早く暗闇に馴れる。わたしは用心深くステーキ・ナイフを使って縄を切った。うまく行ったけれど、そのあとステーキ・ナイフを使うたびに、どれがそのときのナイフかわかった。ロープを切ったとき刃が落ちて、バターも切れないほどなまくらになっていた。

自由になったリヴォルヴァーはわたしに寄ってきたけれど、いつものように夢中で飛びつくんじゃなくて、わたしの脚に体をもたせかけた。彼の体の重みは嬉しかったけれど、わたしは身を離して、首輪をはずしてやった。

「行きなさい」わたしは言った。

門は開いていた。

「行きなさい」わたしが命じると、そのときばかりはリヴォルヴァーは言うことをきいた。彼は闇のなかに消えたが、乾いた草を踏む足音は聞こえた。わたしはそれが聞こえなくなるまでそこにいて、それからなかに入った。

ベッドに戻ると、雷は近づいてきた。家族全員が眠っていた夜のうちに桜の木は根こそぎにされた。兄は雷が落ちたのだと言い、お母さんは風で倒れたのだと言った。夜明け前に吹き荒れた風は、木から鳥の巣をふり落とし、大きな柳の木や一番丈の高いポプラを倒した。朝になるとお母さんは動物収容所と警察と、かかりつけの獣医にまで電話をかけた。誰もが同じことを言った。待っていれば犬は戻ってきますよ。でもわたしは戻ってこないとわかっていた。お母さんとジェイソンは雨に濡れそぼったあたり一帯にゆっくり車を走らせて、望みをこめて口笛を吹き、道路を探したけれど、わたしはそれに加わらなかった。あのひどい嵐さえなかったら、リヴォルヴァーは今でも裏庭にいるのに、とふたりが言うときも、本当はそうじゃない、とはあえて言わなかった。

翌日もまる一日雨で、排水溝をあふれさせ、家の地下を水浸しにするような土砂降りだった。家の前の芝生やポーチに小さなカエルが出てきた。わたしはお母さんの古いレインコートをひっかけ、お父さんが置いていった釣り用の長靴をはいて走ったけれど、それでもジルの家に着くまでにはずぶ濡れになった。芝生はびしょびしょで、ミミズだらけ。空気は湿った熱気で白く靄っていた。わたしはいつものように、横手の入口からジルの家に入ったけど、ジルはいなかった。家に誰もいないときはすぐわかる。家のもつ音があって、間違えようのないエコーがあると、わたしは思った。この家の人たちは皆日帰りでジルのお祖母さんのところか、従姉のメアリアンのところに出かけたんだと。わたしはキッチンの籠のなかのインコを眺め、壁のカレンダーをめくり、キャンディの皿からミントをひとつ取った。そしてコップを取ろうと戸棚に近づいたとき、ハリントン夫人がそこにいた。思わず息を呑むとか、胸を押さえるとか、したかもしれない。落ち着いて、なだらかに呼吸をして、そうしないと、もっとどぎまぎして気絶しちゃう、と自分に言い聞かせたことは確かだ。

「ああ、びっくりした」言わなくてもわかることなのに、わたしは言った。そのときはもうドアのほうに後ずさりしていた。そのころのハリントン夫人の体は肉と血というより蒸気でできているみたいだった。お母さんが食べるのは、ピンクのグレープフルーツと薄切りのトーストだけよ、とジルは言っていた。飲むのは水だけ、ほとんど眠らないわ。

「あの、わたし帰ります」わたしはそこを出たい一心で、さりげなく言った。「ゆうべうちの犬が逃げちゃって、探さなきゃならないんです」

「見ましたよ」ハリントン夫人が言った。

　彼女が本当にしゃべったのか、しゃべったような気がしただけなのか、わからなかった。彼女のことばも蒸気でできているみたいで、身をかがめて近づかないと聞き取れない煙のようなかすかな声だった。ジルのお母さんとして、ずっと知っている人だったけど、気味が悪かった。

「そんなことないと思います。逃げたんですから」わたしは言った。

「ここにいましたよ。うちの芝生に」彼女は引かなかった。「本当にいましたよ。ここに」パニック状態にいるような声だった。

「わかりました」と言ったわたしも同じようにパニックに襲われていたけれど、でもおとな相手のときは逆らわないほうがいい。ご機嫌をとれば、こちらにかまわないでいてくれる。ジルとわたしはそう決めていた。「まずお宅の芝生を探します」

わたしはバタンとドアを閉めて外へ出ると走りだした。重い釣り用の長靴をものともせず、雨のなかを走った。家のまえを通りすぎても走った。夏の間ジルとわたしがほとんどの時間を過ごした街角を通り、二、三週間もすれば授業の始まる学校のそばを通って先へ先へと走りつづけた。

学校の裏手にある細い流れはふだんは水の干上がった砂地だけれど、この日は川といえるほどになっていた。下水溝はすべてここに通じていたし、道にあふれた水はこの膨張した水路に流れこんでいた。今日はたぶんこれまでなかったほど水位が上がり、地下の水路を走って、水はとうとうと流れてゆくでしょう。どういうわけか、そのことで久しぶりにわたしは気持ちがすっきりした。

夏の終わりが来るまで、うちの犬を見かけたという知らせをたびたび耳にした。あの犬が、近所のごみバケツをいくつもひっくり返したのだと断言する人たちがいた。猫たちが夜外に出ようとしないのも、草が引き抜かれているのもそのせいにされた。惣菜店の店主は買い物客たちに大きな黒い犬の話をした。朝パン屋のトラックが着くのを待っていてドーナツをねだるんですよ。ピザ店の店員は、相手がひまそうだと見ると、調理場に忍びこんではモッツァレラ・チーズやソーセージを失敬する犬のことを話題にした。レイモンド夫人はたびたび巨大な犬が彼女の芝生を横切るのを目撃したと言いはり、たいそう確信をもってそう言うものだから、ジェイソンはその話を信じて歩道にドッグ・フードのボールを置くようになった。そのころになるとハリントン夫人は、まるで何の不調もなかったかのように、しゃべるようになったけれど、彼女は一度としてうちの犬を見たとは言わなかった。ときおり彼女は窓の外に目をやって自分の前庭の芝生を見渡していた。でもハリントン夫人はわたしと同じくらい確信をもっていたのだ。あの犬は戻ってこないと。

死者とともに

グレーテル・サミュエルソンの祖母が越してきた二日後、グレーテルは祖母がキッチンの床にひざまずいているのを見た。まるで天井を抜けて天国のなかまで見通せるかのように、彼女はシャンデリアの向こうに目をあげていた。フリーダおばあちゃんのような清潔気違いが、ひと月もモップをかけていない床に膝をつくこと自体、奇跡のようなものだった。いつものフリーダなら、レストイル（家庭用の液体クリーナー）と固いブラシでべとべとしたゼリーやトマト・ソースのあとをごしごしとこすっただろう。ところがそういう汚れも今は目に入らないようだった。心臓麻痺だ、グレーテルはとっさに思った。脳卒中かも。もうこれ以上の悲しみには耐えられない、と思った。

グレーテルはいじけて怒りっぽくなっていた。家庭が壊れ、グレーテルも壊れていた。血が出るまで爪のあま皮を噛み、煙草を吸いすぎ、眠れなくなっていた。以前血液が流れていた血管に、冷たい小さな小石のようなものが詰まっていて、感情がかきたてられるたびにガチャガチャ、ゴロゴロと音を立てる、とグレーテルには思えた。

祖母が天に向かって呼びかけていたその日、グレーテルはいつものように無為な時間を過ごした。高いキササゲの木のうしろに隠れて煙草を吸い、ひどい自己憐憫に陥っていた。裏口から家に入り八四歳の祖母がリノリウムの床にひざまずいているのを見たとき、ただならぬことが起こったのだとグレーテルは思い、血管のなかの石がギシギシとこすれあうのを感じた。

「おばあちゃん？」グレーテルは呼びかけた。

フリーダの唇はひどくせわしなく動いていたが、まったく声を発していなかった。無駄話に加わるのが好きないつもの祖母ではなかった。それでもグレーテルはもうひと足近づいて尋ねた。「言いたいことがあるの？　おばあちゃん」

祖母は片手を宙にあげただけで、答えようとはしなかった。孫娘を心底いとおしいと思っていたが、今は邪魔されたくなかった。ことに天の権力者と取引きをしているあいだは。彼女は一生に一度の取引きをしていた。単純で必死の取引きだった。しゃれた付録も条項も、付帯条件もなかった。フリーダの願いは唯ひとつ、自分の命と引き換えに娘の命を救ってください、ということだった。最近の手術以降、彼女の娘フランシスは表向き癌から解放されていたが、フリーダが医者たちを信用したことはなかった。何かをしてほしいなら、それは自分自身で実現させなければならない。

孫娘が助けようとするのを振り切って、床から立ちあがると、フリーダはすぐさま死ぬ準備にとりかかった。まずポケットに手を入れて二〇ドル紙幣を取り出した。

「ピザを買っておいで」彼女は孫娘に言った。ふさぎこんだ顔をしているがいい子なのだ。「これでお釣りを貰ってね」

「ピザを食べたら、おばあちゃん気分が悪くなるよ」祖母には食事制限があった。

「見ててごらん」何もわかっちゃいないね、というようにフリーダは指を一本立てて振った。

グレーテルは母の部屋に行ってドアをノックした。その部屋にテレビを移動させたので、フランシスはベッドに座って純愛映画を見て涙を流していた。フランシスは何かにつけて泣いた。別れた夫のことを思うたびに涙ぐんだ。自分の脳裏から彼の裏切りを消すためにブルックリンの催眠術師のところにまで行ったが、駐車場の車に戻るころには、夫と彼の新しい妻が自分たちの家の家具を選んでいるさまを想像していた。

ねえフラニー、そんなゆとりがないことくらいわかっているじゃないか。わたしが何かを欲しがったときには、彼はきまってそう言ったのに。

それなのに、実はたくさんのものが買えたのだ。とはいえ、彼が置いていった家具のなかに、ひとつとしてまともなものがないという事実は変えようがなかった。どれも価値のないものだとフランシスはわかっていた。サムが家を出ていった日に、彼女は救世軍に電話をかけ、夫と共有したものを残らず処分してしまおうとしたが、引きとりに来た男たちは居間のセットを見て断った。古すぎるね、彼らは言った。擦り切れておんぼろだ。

「おばあちゃんがピザを買ってこい、って」グレーテルは母親のベッドの足のほうに身を投げた。「頭がおかしくなったのかな」

「おばあちゃん、お掃除しているの？」たいがい家のなかは乱雑で、フリーダは掃除に忙しく、誰に迷惑をかけることもなかった。

「いいえ、掃除機もかけていないよ。ただ天井に向かって話しかけて、ピザを買えって」

フランシスはひとくち水を飲んで考えた。体重が減り、体の右側の手術をした部分はまだ力が入らなかった。この二、三か月のあいだ、彼女は人間にかんして考える時間がたっぷりあった。そして達した結論は、人生のなかで選択はほとんどできないということ。ほとんどのことは自分に降りかかり、ほとんどのことが自分のうえを乗り越え、そのあとも進みつづけてゆくということ。

「ピザが欲しいというなら買っていらっしゃい」フランシスはグレーテルに言った。「したいようにさせてあげましょう」

その夜祖母はひどい消化不良を起こしたが、本人はものともしなかった。彼女は医者から、塩分、糖分、脂肪、リン酸ナトリウム、タバスコ、ワイン、スパイスを摂取しないように、油を使った料理は避けるように、と言われていた。だが翌日グレーテルが学校から戻ると、フリーダは中華料理のテイクアウトのメニューをもって待ち受けていた。有料道路のそばにあるホー・ホーというテイクアウト専門の店で、ことにピリ辛で脂っこい料理で知られていた。フリーダはもう何年も、三種類のスパイスを使ったチキンの料理を食べていなかったし、スペアリブのバーベキューを最後に注文したのはかれこれ一〇年前だった。

「冗談でしょ？」祖母からメニューを渡されたグレーテルは言った。

「醤油の小さいパックを忘れずに二、三個余分に貰っておいで。言えばたくさんくれるからね」祖母は言った。

「そんなこと、自殺みたいなものよ。自殺行為だわ」グレーテルはありありと事態をイメージすることができた。食物は武器で、油やスパイスが心臓や血管を直撃する。「わたしはかかわらない。だからわたしに言いつけないで」

「結構」フリーダはこんなとるにたらぬ孫娘よりはるかに手ごわい人間たちを相手にしてきた。義理の息子が、子どもたちの養育費を払うゆとりがないと言ったとき、面と向かって嘘つきと罵倒したのはフリーダだった。小切手が遅れたとき、彼のしゃれた新居にタクシーで乗りこんだのもフリーダだった。「行きたくないんなら、結構。配達してくれるからね」

その晩、皆はフランシスのベッドの縁に腰かけて、膝に中華料理の皿を載せた。テレビでは『情熱の旅路』という古い映画をやっていて、グレーテルとフランシスはぼろぼろと泣き、食物を噛みくだせないほどだった。グレーテルの兄ジェイソンは、次第に無口で、次第に美しくなる——このふたつが遺伝的に結びついているかのように——という状態のなかにいたが、スペアリブを平らげながらやれやれと言うように目をあげた。

フリーダおばあちゃんは肘でジェイソンをつついた。「泣けばなんとかなると思っているんだよ」それから娘と孫娘に向かって「泣いたってどうにもなりませんよ」

「ママったら」フランシスは皿を置いた。彼女はベティ・デイヴィスから目を離すことができず、自分を捨てた男から気持ちを逸らすことができなかった。「ほっといてよ」

「そうはいきません」フリーダおばあちゃんは言った。

結果としては、中華料理はフリーダの消化器官に悪影響を及ぼさなかったように見えた。翌日彼女はカナスタ（トランプのゲーム）をやる仲間と、三つの州の選手権大会で一儲けしようと、アトランティック・シティに出かけた。一行は年に一度その遠征をしており、まだ儲けたことはなかったが、望みを捨てていなかった。

時間になったとき、グレーテルは玄関の階段に出て、祖母をバス停まで乗せてゆくタクシーを待った。

「スーツケースはないの?」ハンドバッグひとつで出てきた祖母にグレーテルは訊いた。

「余分な荷物はいりませんよ」タクシーが近づくと、通りにほかの人影はないにもかかわらず、フリーダは激しく手を振った。「いいかい、グレーテル」タクシーに乗る直前に祖母は言った。「これっきり、おまえたちから離れるわけじゃないからね」だが現実から目をそむけることはできなかった。グレーテルは彼女の最愛の孫で、フリーダの目には涙が浮かんでいた。

「泣いてもどうにもならないんじゃなかった?」グレーテルはからかった。

彼女は祖母を抱きしめ、歩道に出てさよならと手を振った。タクシーが見えなくなるまで手を振りつづけ、それから歩道の縁石に座って泣いた。

フリーダはその夜、カパー・ペニー・モーテルで死んだ。アトランティック・シティに友だちと来るたびに泊まるモーテルで、部屋は清潔、朝食は無料で、ベーグルと好きなように調理してくれる卵料理と、絞りたてのオレンジ・ジュースが供されていた。彼女が死んだ夜、カナスタ仲間は全員ハンガリー料理のレストランに出かけていて、フリーダの友人たちはフリーダの不調はチキン・パプリカのせいだろうかと考えていた。しかし検視官の公式報告では、フリーダには先天的に心臓の欠陥があったことが示されていた。それが命取りになるまで、八〇年以上かかったのだ。

今では午後学校から帰宅すると、グレーテルは部屋に閉じこもって出てこなかった。すべてがどうでもよいと思われるときがあって、今のグレーテルはそういう状態だった。女の子は髪をとかし、きちんと食事をして、顔をアイヴォリー石鹸で洗うことを心がけねばならないが、グレーテルにとってそんなことはどうでもよかった。人生は何だろう？　どこまでも続く悲しみと涙の谷だ。彼女はそんな思いを抱きつづけ、たぶんそのせいでやつれていった。顔色は青白さを増し、白い壁によりかかると見分けがつかないほどになった。フランシスは心底不安になった。ついに彼女は前の夫に電話をして、何かしてほしいと要求した。

「ぼくに何ができる？」サムはいつものように嘆いた。「グレーテルは赤ん坊のときから手に負えない子だ」

「何を言うんです。いろんなことができるじゃありませんか。旅行に出してやるとか、新しい服を買ってやるとか、あなたの家の夕食に招くとか」

ガチャンと受話器を置いたあと、フランシスの気分は高揚していた。その夜は一度もサムのことを考えず、一滴の涙も流さなかった。あからさまに言えば、あの自己中心のくだらない男に向かって声を荒げていたあいだじゅう、自分がフリーダそっくりだったということで、フランシスはいい気持ちだった。当然ながらフランシスの提案のうちから、サムは夕食を選んだ。金はさしてかからない。二枚余分にステーキを焼き、サラダにもうひとつレタスを加えるだけだ。指定された晩に、ジェイソンは母親の車を運転した。後部がへこんだ古いフォードだ。ノース・ショアに近づくにつれて、家は一ブロックごとに大きくなるようだった。車の窓は開けてあったが、それでも息苦しく思えた。

「食べたらすぐに出よう」ジェイソンは言った。「入って出る」

「はい、はい」グレーテルは言った。彼女は今、鬱状態と人びとがいう意味がわかった。彼女はまさにそういう状態で、鬱のなかにしっかりと取りこまれていた。「どうでもいいよ」

「合計四五分だ」口をきくたびに、ジェイソンの左目の下の皮膚がぴくぴく動いた。微かな動きだったが、よく観察すれば彼の不快さが手に取るようにわかる。「最大限五〇分。行儀よくして、あの男から金を貰ったら、帰る」

ふたりは母親の車を白樺の木の下に停め、芝生を横切った。今は一一月、誰かの手を握っていたいような静かで灰色がかった季節だった。グレーテルは遺骸のように自分の両手を組み合わせ、ジェイソンは両手をポケットに入れていた。家は掛け値なく広大で、たぶんそのために玄関まで出てくるのに長い時間がかかるのだろう。

「畜生、凍え死んじまう」ジェイソンは言った。

「灰を灰に」（祈祷書、埋葬式で唱えられることば）

「やめないか」ジェイソンはドアのベルに手を置いたままで言った。「誰だって死ぬんだ、グレーテル。人生の事実じゃないか」

「そう思えば気持ちが浮き立つってわけ？　わたしが浮き立たないから？」

玄関に出てきたのはシーだった。グレーテルとジェイソンと向きあうと、まるでふたりの存在が足元をぐらつかせるかのように、彼女はいつもどこか狼狽しているように見えた。

「時間ぴったりね」シーは言った。

実際にはふたりは二〇分遅刻していた。だがどうでもよかったのだろう。ステーキが少々乾いて、サラダの野菜が萎れていても、どうでもいいのだろう。グレーテルとジェイソンは父親の新しい妻に導かれて玄関ホールを抜け、食堂に向かった。どの部屋の床にも上質のカーペットが敷いてあり、家具はぴかぴかに磨きこんであった。

「あの人、太ったね」クローゼットのまえでコートを脱ぎながら、グレーテルは兄に囁いた。

「見てごらんよ」

ジェイソンは肩越しにちらりと見て肩をすくめた。「同じに見えるけどね」

一九歳以上の女性はジェイソンの目を素通りするのだが、しかしふたりの父親が食堂に入ってきたときには、そのジェイソンでさえ彼の体重が増えたことに気がついた。おそらく体が太ったぶん、サムは子どもたちを抱きしめたり、歓迎するのが億劫だったのだろう。それとも冷たくうなずいて、皆を食事の席につかせるのは彼の本性のなせるわざだったのだろう。

「まるでエロじじいだ」ジェイソンはグレーテルに囁いた。「フィットネス自慢もお終いだね」

最近、グレーテルはあまり食べなかった。食物を楽しむには鬱でありすぎた。彼女はステーキを断ったが、つけ合わせのじゃがいもを口に入れたとき、彼女は愕然とした。

「すごいバター」グレーテルは言った。

シーは笑った。「とんでもない。うまく料理すれば、じゃがいもは本来甘いものなのよ。マーガリンさえ使っていませんよ」

グレーテルはほくそ笑まずにはいられなかった。この人たちが太るのは当たり前。彼女はインゲンをフォークに載せて注意深く噛んだ。インゲンもバターまみれだった。

「お水もってきます」グレーテルはそう言うと、食卓を離れた。ひとりでシーと父親の相手をするという惨めな状態に置かれたジェイソンは、切羽詰まった表情で妹を見た。父親をまえにジェイソンはひとつの文章を言うだけがやっとだったから、グレーテルは兄に同情したが、正直に言って、やりたいことがほかにあった。グレーテルはまっすぐにキッチンに行った。キッチンの一列に並んだアーチ型の窓からは、広い芝生と段になったハーブ・ガーデンが見おろせた。冷蔵庫のなかを覗いたが、とくに怪しげなものはなかった——ダイエット・ソーダ、ターキー・ロール、野菜、果物。ファット・フリーのチーズケーキが箱のままカウンターに置いてあり、その横にシュガー・フリーのサクランボ・ソースを入れた水差しがあった。しかしオーブンを開けると、バターの濃厚な匂いが流れてきた。グレーテルはオーブンの扉にたまった固まりを指につけた。舌にもってゆくと思ったとおりだった。確実にバターだ。

誰かが食物に害を加え、ローカロリーのものをメガカロリーに変えていた。グレーテルは肩と腕のあたりにうずくような感覚をおぼえた。何かを信じながら、確信がもてないときに襲われるような感覚だった。パントリーに祖母の姿が見えたように思った。本当に見えるのだ。あまりに馬鹿げた話だったが、祖母がたしかにそこにいて缶詰や瓶詰を並べなおしていた。シーがアルファベット順に並べた食品はすべて、種類別に仕分けされつつあった。ピックルズ類はひとまとめに、豆類は別のところに、スープはトマトから無塩のチキン・ヌードルまですべて一列に並べられた。

　グレーテルは瞳をこらした。しかし幻はぼんやりとしていて焦点を結ばなかった。でもあれは祖母の黒いよそいきのドレスではないか？　あれはフォーチュノフのセールで買った金のイヤリングじゃないの？

「おばあちゃん」グレーテルは言った。

　たとえ答えることができたとしても、グレーテルの祖母の幻は忙しく動いていて、口をきくどころではないのだろう。彼女はシーがグラノーラや、ポップコーンや、キャラメルのフレーバーの餅を入れた瓶の蓋を開け、そのどの瓶にも棒状のバターを突っこんでいた。フリーダは際限なくバターを出せるようだった。ポケットに手をいれさえすれば、あとからあとからバターの棒が出てきた。

　グレーテルは今ほど祖母を誇りに思ったことはなかった。にっこりと笑いかけると、あり得ないことだが、祖母は微笑み返した。もちろん定かに見極めることはしにくい。幻はもうパントリーを離れてチーズケーキが置いてあるカウンターへと向かっていた。それが通りすぎるとき、グレーテルは雨の日を思わせるような匂いを嗅いだ。甘く染みとおる匂いで、抱擁のようだった。祖母がサクランボのソースのなかに、トウガラシのフレークを入れようというのなら、それをとめる必要がどこにある？　死者の願いを尊重しつつ、グレーテルは食卓に戻ったが、一度だけ立ちどまって兄の耳に囁いた。

「悪いこと言わないから、デザート、食べちゃ駄目だよ」

運命

うちの前の通りでは、それぞれの時期に何もかも緑になった。初めにポプラとライラック、次に自分がもう死ぬと思ったお母さんが、前の年にパティオの横に植えたアイリスの柔らかい芽。わたしたちは天の支配者と取引きをして、春にお母さんがこのアイリスを見ることができたら、お母さんはずっと生きつづけ、健康で自由になれると決めていた。春がもう訪れている今、わたしたちは希望に満ちていた。でもあらゆることにかんして取引きができるわけではなくて、遅かれ早かれ代償を払わなくてはならない。わたしの親友のジルにはまさにそういうことが起こっていた。

フランコーニアにいる一二歳から一八歳までの女性で、一日でもいい、一時間でもいいからジルと替わりたいと思わない者はいなかったと思う。みんなジルを羨んだけれど、それにはもっともな理由があった。ジルは長い金髪で、男の子たちを夢中にさせるお砂糖のように甘い声をしていた。カップケーキを五つ食べても一オンスも体重が増えなかった。皆、ジルに惹きつけられたけれど、ジルを恨みもした。ジルは恵まれすぎていると思われた。ジルはわたしの親友だったから、わたしは一生懸命弁護をした。きれいなのはうわべだけで、なかみは汚くて、ひからびているのだと思いたがる人も多かった。心の奥底は蛇のように陰険で、意地悪で、悪魔で魔女なのだと。でも実際はジルはそれは親切で気前がよかった。自分のものは文句なく人に分けあたえた。すぐに涙を流し、すばやく相手を抱きしめた。相手の目に涙が浮かんでいようものなら何だってするし、好意を求められたらたちどころに心を明け渡す。エディ・ロパッカとのこともそうだった。

早春になるまで、妊娠していることをジルはわたしに打ち明けなかった。ジルはとても痩せていたから、何かが普通ではないということにわたしは気がつかなかった。ただ涙もろくなっていて、これはアレルギーのせいよ、とか、たぶん風邪をひいたのよ、というように日によって言うことが違っていた。しかし或る日の午後、わたしがジルの家にいて、スナックを取りにキッチンに入ったときに、本当のことがわかってしまった。完璧なキッチンで、ジルのお母さんは、極端なきれい好きだったから、お皿のかわりに食べ物を床に置くこともできるくらいだった。わたしはそのキッチンが羨ましくてならず、そこに入るたびに体中がぞくぞくした。スパイスはアルファベット順に並んでいて、ぴかぴかの流しには顔が映っていた。ジルみたいになりたいと思う以上に、わたしはそんな家に住みたかった。

自分の家のキッチンを思うとぞっとした。地獄が蓋を開けたような状態がそこに出現していた。お父さんが家を出ていき、お母さんが癌だと診断されてから、従妹のマーゴウが一緒に仕事を始めようとお母さんに提案した。ふたりとも料理が得意ではないのに、ケイタリングの会社を作り、バルミツバー（ユダヤ教で一三歳に達した少年のための祭式）や婚約パーティの出前を始めた。週末には何百個というミートボールがストーヴでぐつぐつ煮えていた。マーゴウもお母さんも後始末は意に介さなかった。ともに癌の脅威と、破綻した結婚と、落胆から立ち直ったふたりにとって、汚れなどはどうでもよいことだった。ふたりはケイタリングで得たお金でハイヒールを買い、祝日の週末にはポコノ（ペンシルベニア州にある山脈、リゾートになっている）へ、夫探しに出かけた。ストーヴがどれほどベトベトであろうと、平気だった。そのうちにあなただって気にならなくなるから、とふたりは断言したが、「そのうち」というときはまだ訪れていなかった。

ジルの家のすてきなキッチンでいい気分になったわたしは、ジルのお母さんがいつもブラウニーやクッキーをいれておくスナックの引き出しに向かった。ふと目をあげて、開いた冷蔵庫の前に立っているジルを見たのはまったくの偶然だった。前の晩の夕食にレバーを食べたらしく、ジルはその残りに手をのばしていた。わたしは脚の裏側がぞくりとした。普段ジルは屠殺される子羊や子牛を思っては泣く。わたしが生焼けのハンバーグを注文するたびに目をそむける。

「それ、食べるの？」わたしは訊いた。

「これ？」ジルはレバーを見た。催眠術にかけられていて、ようやく意識が戻ったかのようだったが、もうレバーに食いつき、一生懸命噛んで呑みくだそうとしていた。

「大丈夫？」

「ふらっとしたのよ」ジルは言った。「たんぱく質をとればいいと思って」彼女は食卓に向かって座り、わたしはナイフとフォークをもってきた。レバーを食べるうちに、涙がぼろぼろとジルの頬をつたった。子牛の屠殺はもうどうでもよいのだ、と思ったとき、わたしは悟った。

「まさか。まさかそうじゃないよね」

「そうなの」ジルは形のよい頭でうなずき、涙を流しつづけた。

悪い知らせだった。ジルのボーイフレンドのエディ・ロパッカは魅力的だが、誰も本気で求めようとはしない男の子だった。彼はすてきに美しく愚鈍で、二年間ずっと彼の学期末のレポートを書いてやったわたしは、彼の頭の程度を知っていた。彼のノート同様に真っ白。エディの妹テリーといつも一緒にいて、自分の人生をせっせと台無しにしつつある兄のジェイソンでさえロパッカの家から帰ってくると首を振った。

「エディときたら、地球は丸いってことを習わなかったらしいよ。エイブラハム・リンカーンは歯磨きの名前だと思ってる。あいつをよく観察してごらん。集中しようとすると、耳から湯気が出てくるのが見える」

わたしたちはエディを肴にして大笑いをしたが、改めて考えると、運命の手で冷や水を浴びせられている思いがした。兄は天才だと言われていたが、その兄とエディは今では同じ惣菜売り場の従業員なのだ。とすれば本当に愚かなのはどちらだろう？　用心していないと運命はわたしたちをひねりまわす。自分の進む方向がわかっていると思っていると、逆の方向に向かっていたり、壁にたたきつけられたりする。

それでもジルはわたしの親友だから、助けてあげたかった。その時点ではわたしは他の人たちと同じかそれ以上に物事がわかっているつもりだった。その日、家に帰るとわたしは従姉（グレーテルとマーゴウは正確にはまたいとこの間柄だが、英語ではそれもいとこのなかに含まれる）のマーゴウを、ふたりだけで話せるパティオに呼び出した。マーゴウとお母さんは、ミルフィーユやエクレアに挑戦していて、マーゴウの腕には甘苦いチョコレートの筋がついていた。ふたりは日曜日の結婚式のケイタリングの準備で血まなこになっていた。

「結婚式はやめとこう、ってお母さんに言ったのに」マーゴウは煙草をやめたはずだったけれど、ストレスに襲われるとときどきセーラムに手をのばし、今も吸っていた。「バルミツバーやパーティとは違うのよ。結婚式では皆カリカリしている。自分たちの人生が目の前を通りすぎていってしまう感じがするのよ。門を閉ざして、二度鍵をかけるような感じ。その不安のほこ先をケイタリングに向けて文句を言うわけ。『これでもコーヒーのつもり？　これがケーキなの？』必ずそういうことを言われる」

お母さんはせわしなくパン生地をこねていた。それでマーゴウは自分のセーラムを一口わたしにも吸わせてくれた。わたしはお父さんがぐずぐずした挙句わたしたちを捨てたことを考えた。二年のあいだ両親はまるでL字型をした居間に押しこまれた闘牛場の牛のように、昼夜なく口論をした。でもマーゴウの夫は全然違うやり方で撤退した。真夜中に姿を消し、スーツケースひとつもたず、共有のフォードのマスタングに乗って南に向かった。結局はマーゴウがその車を取り戻したけれど、結婚が壊れて以来、マーゴウはまるで誰かが唇を摑んでぎゅっと引っぱったみたいな妙な口元になった。

赤ん坊を産みたくないときはどうしたらいいの、とわたしが尋ねると、マーゴウの口はいつもよりもっとひきつれた。彼女はセーラムの先をわたしに向けた。「あなたなの？」「友だち」わたしは言った。

「そうか、そうか」マーゴウは悲しげに首を振った。「誰でもそう言うのよね」

驚いたことにマーゴウは涙を浮かべていた。正直に言ってわたしはいい気分になった。男の子がわたしに目を向けることはない。というか、目は向けるし、わたしをデートに誘うこともあるのだけれど、でも二度目のデートに誘われたことはない。わたしは意地悪な、頭のきれる手ごわい女の子で、そのうえわたしの嫌な性質の下に潜んでいるものを、どの男の子も嗅ぎつけるからだ。わたしが心の奥底で求めているのは、尋常ではない忠誠だ。わたしをどうにかしようと思う男の子は、死ぬまで終わることのない忠誠の誓いに自分の血で署名しなければ駄目。

「誓って言うわ。友だちなの」わたしはマーゴウに言った。

あとで、お母さんがペイストリーを箱に詰めているとき、マーゴウはニュー・ジャージーの或る住所をくれた。彼女はインフォメーションをすべて走り書きし、iの点はどれもハートマークになっていた。

「その友だちはお金があるんでしょうね。三〇〇ドルかかるのよ」マーゴウはとてもすてきな柔らかいキャメルのコートを着ていた。彼女は赤ん坊をおろすのはよくないと思っているし、女が働くこともよくないと思っている。でも現実には夫がなくて仕事があるという状態なのだ。

「お金、貸してあげられるけど」マーゴウは言った。

「わたしじゃないってば」わたしはまた言った。

マーゴウはわたしの顔を両手にはさんで、わたしの目を覗きこんだ。「あなたの父親の墓にかけて、妊娠していないって誓いなさい」

わたしの父親は生きていて、グレート・ネックの大きなチューダー朝様式の家に住んでいる。でもとにかくわたしは彼の墓にかけて誓った。わたしの両頬にキスをしたところをみると、マーゴウはやっとわたしの言うことを信じてくれたようだった。

「いい子ね」彼女は言ったが、それはわたしの耳には呪いのように聞こえた。

その晩兄はフード・スターから、サラミとバケツ一杯もあるコールスローをもち帰った。兄はほとんどの晩そうする。お母さんは夕食を作るにはケイタリングで忙しすぎたし、その晩はなんとデートがあった。最初のデートだ。わたしはお母さんのベッドに座ってサンドイッチを食べ、着るものを選ぶのを手伝った。黒いドレスはあまりに喪中ふうだし、赤いスカートは極端すぎた。結局淡いブルーのツーピースにクリーム色のブラウスになった。

「頭がおかしいと思われないかな」お母さんは等身大の姿見に自分を映して言った。このブラインド・デートはマーゴウがアレンジしたもので、相手はマーゴウのお隣に住む女性と以前結婚していた人だったからお母さんはよけい気を使った。でも切羽詰まっているときは手段を選ばない。その男性は歩いて、喋って、呼吸する。それ以上何が望めるでしょう？

「すてきよ」わたしはお母さんに言った。本当にすてきだった。短くした髪には弾力があった。お母さんがひどい苦しみを通りぬけ、夏のあいだじゅうベッドを離れられないほど弱っていたことを示すものは何もなかった。お母さんが出たあと、わたしはキッチンに入って、もうひとつサンドイッチを作ろうとしたが、ジェイソンがサラミを全部平らげてしまっていたので、冷蔵庫の箱からエクレアをふたつ失敬した。運悪く、なかのクリームはにかわみたいな味だった。

「テリーが妊娠したらどうする？」わたしは入ってきた兄に訊いた。ジルのうちに行ってニュー・ジャージーのあの住所を渡せる時間になるまで、無駄話をするつもりだった。ところがジェイソンは逆上した。噂を広めるのか、ゴシップを信じるのか、人のことにくちばしをはさむのか、とわたしを責めた。

「もし仮に、というつもりで訊いたのよ」ジェイソンが怒鳴りたてるのをやめて、わたしのまえに腰かけたので、わたしは弁解した。「そういうつもりだったんだけど」

白いシャツのジェイソンはフード・スターの名札をまだかけていた。郡で科学の賞は総なめにしていた彼は、まだチョコレートと小麦粉の匂いが残るこのキッチンでわたしと向かい合って座っていた。

「テリーは頭にくる」兄は言った。「約束ばかりさせたがるんだ」

わたしはよくわかった。尋常でない忠誠だ。血の署名だ。でもそれにどんな意味があるの？仮に意味があるとしてだけれど。運命は好きなように、カタカタ、ゴロゴロとわたしたちを動かしてゆく。

ジルの家に行くまえに、わたしはキッチンの掃除をした。スチールたわしでストーヴをこすり、床を二度モップで拭いた。流しを磨いたけれど、お母さんとマーゴウがミートボールを作るときに使った大きなバットで引っかき傷がたくさんできていた。

「何をしていたの？」わたしを見てジルが訊いた。「手が荒れている」

ジルは正面のポーチに出て、わたしを待っていて、一緒になるとわたしたちは二ブロック先にある校庭に向かった。話があるときはいつもそこに行く。

「ひとり暮らしをするようになったら、わたし紙皿しか使わない」わたしは言った。

「わたしは白い陶器の皿がほしいな」ジルは言った。「縁に金色の線の入った真っ白なお皿」

この年、春の訪れは遅く、レンギョウの蕾は開くときを待っていた。わたしはデートに行ったお母さんのことを考えた。お母さんが結婚式のケイタリングをやりたがったわけはわかっていた。お母さんはいまでも本当の愛があると信じている。今この瞬間に、お母さんは有料道路に面したステーキハウスの奥の座席で、見知らぬ男性と向かい合っているはずだった。今そこで本当の愛が降りかかるかと思いながら。サラダを注文しながらその男が好きになるのかな？目のなかに星が飛んでいるのかな？

「わたしは絶対に結婚しない」昔遊んだ校庭の門を開けながらわたしは言った。

「もちろん結婚するわよ」ジルは夢見るような表情を浮かべていた。夕暮れのなかで鳥たちがいっせいに歌っていた。

「しない」わたしは言った。髪を短くしていたので、微風が背後からしのび寄ると、首筋がぞくっとした。「しないと思う」

「誰にでも誰かがいるのよ」ジルは言いはった。

彼女もロマンティストだった。運命が神秘的な仕方で動いているのだと、ロマンティストが確信したら最後、もうどうすることもできない。それは確実な事実だ。マーゴウが書いてくれた住所を渡すと、ジルは微笑んで、それをポケットにしまった。でもジルにその気がないことはわかった。そのときにはジルはもう、自分の結婚式の計画をたてていて、それはお母さんやマーゴウのケイタリングでは間に合わないような、手のこんだものだった。まず温冷両様のオードブルの出るカクテル、それから席について、ロースト・ビーフがメインのディナー、お母さんやマーゴウでは太刀打ちできないような手のこんだペイストリーを乗せた大きなデザートのテーブル。

小さいころふたりでこの同じ場所に来たことを、わたしは思い出さずにはいられなかった。ジルは高いところを怖がったので、ブランコの鉄の鎖におまじないみたいに腕を巻きつけた。そのころでさえ、ジルが美人になることは予想できた。いつも帰るのが遅くなりすぎて、ふたりともお母さんに叱られたっけ。アイスクリームの車がベルを鳴らして通ってゆき、空が黒いインクのような色になってからも、わたしたちはまだ外にいた。ジルとわたしは互いに何かも話したけれど、それはもう過去のこと。わたしたちにできるのはせいぜい、もう少し長くここにいることだけ。わたしたちはたいして力もいれず、無言でブランコを前後に揺らした。やがて頭をのけぞらせたジルが指さした空を、わたしはあえて見ようとしなかった。暗い夜のなか、そこには星たちがもうきらめいているはずだった。

三五〇度で焼く

高校三年になるまえの夏、わたしは愚かにもお母さんとマーゴウのケイタリング会社で働くことにした。その所在地はうちのキッチンだ。ニューヨーク州の記録に残る、焼け焦げるような夏だった。老人は屋外に出ないようにという警告が出ていた。シアーズでも有料道路沿いのどの電気機器の店でも、どんなにお金を出そうとエアコンも扇風機も一台もなかった。一〇週間のあいだ、雨が降らず、空気は熱と乾燥でバリバリしていた。指をパチンと鳴らすと、指のあいだに白い火花が散った。飛び立った鳥は、羽根が焦げてたちまち地面に落下した。

しかし暑さをものともせず、この町ではウェディングや洗礼式やバルミツバーが続き、お母さんとマーゴウの仕事は繁盛した。会社には名前がつき、名刺もできた。お母さんとマーゴウが考えたのは「ふたりのやもめ」といういたいそうふざけた名前だった。ふたりの夫たちはちゃんと生きているばかりか、若い女と結婚しているのだから。マーゴウの料理はとくに情熱がこもっていて、彼女がいためているのはシュトレーデルのためのマッシュルームではなく、別れた夫の心臓ではないか、と思えるほどだった。お母さんより一〇歳若く、わたしより一五歳年上のマーゴウはいろいろな経験をしていた。彼女は高校三年のときに結婚した。馬鹿みたいに、と彼女はいつも言うのだが、実際にはトーニーの話をするときはいつも、顔がゆがんでわたしは見ていられなかった。

「大丈夫、乗りこえるわ」彼女は宣言するのだが、お母さんもわたしも信じてはいなかった。

マーゴウはいまだに、自分でも説明のつかない理由でトーニーに電話をかけている。彼が電話に出ると、マーゴウは電話を切り、それからバスルームにこもって泣く。でも彼の妻が出ると、マーゴウは奇妙に勢いづいて、信じられないような罵詈雑言を繰りだす。

「それ、どこで習ったの？」わたしは訊いてみた。罵詈雑言のうちには、英語でないものさえ交じっていたが、意味は簡単にわかった。トーニーの新しい妻は電話が鳴るたびに、鳥肌が立ったことでしょう。電話のあとでは窓が閉まっているかチェックし、ドアに二重に鍵をおろしたにちがいない。

「あなたにはわからないことよ」マーゴウは言った。「ただね、夫を選ぶときは慎重にしなきゃ駄目よ。わたしやあなたのお母さんみたいにならないように」

わたしたちはその週、グロスマン家の婚約パーティのために、ヌードル・クーゲルを作っていて、オーブンは常に高温で稼働していた。暑さのために、わたしは何の苦労もなく六ポンド体重が減った。水をたくさん飲み、汗を流しつづけたら、きっと九月にはわたしの理想の体重に達する。たぶんそのときわたしの人生は始まる。ついに何かがわたしに起こる。わたしは恋をする。わたしの心は何千マイルも遠くへと天翔け、毎朝目覚めるといそいそとベッドから離れるようになる。

最近わたしは恋と結婚のことをずいぶん考えた。友だちのジルは春に結婚して、八月に子どもが生まれる。ジルは高校二年目で中退し、今彼女とエディ・ロパッカは彼女の両親の家の地階に住んでいる。これが恋？　わたしはそれが知りたい。これが運命？　わたしが行くといつも、エディは友だちと外出していて、ジルは目をぎらぎらさせて雑誌を読んでいる。ときどきわたしが話しかけても顔をあげなかったりする。どんな世界に入りこんでいるにしても、そこは恐ろしい場所にちがいない。

最近二、三回、わたしは上の階のキッチンでジルのお母さんと一緒にいた。お母さんはよく洗濯物を畳みながら泣いている。彼女は極端にきれい好きだけれど、今度来た義理の息子は、だらしなさの概念を押しひろげた。彼の汚いソックスは二部屋隔てたところでも臭うし、どれほどハンサムであろうと、ジルのお母さんには、彼の指の爪の縁にこびりついた油の輪や、拭いたばかりのカウンターに彼が残した、ぐちゃぐちゃに噛んだつま楊枝しか見えなかった。

「ジルはこんな生活を求めていたのかしら?」ジルのお母さんは、このままわたしとキッチンにいたときにそう言った。

正直に言って、答えはイエスだった。なぜかよくわからなかったけれど、ジルはいつも赤ちゃんをほしがっていた。エディはおまけのようなものかもしれない。それともジルはエディを愛していたとか? わたしに何がわかる? 何もわかっていないわたしに。たとえエディやひどいつわりが一緒についてきたとしても、ジルが幸せで喜び一杯なのだとしたら、わたしにとやかく言う資格はない。わたしはものごとの輪郭をつかみ始めたばかり、当然たくさんのことを教えてもらわねばならない。

「キスのうまい人と下手な人はどうやって見分けられるの?」わたしは従姉のマーゴウに尋ねた。彼女は恋愛についてわたしのお師匠だ。オーブンから取り出したヌードル・クーゲルがリノリウムを敷いたカウンターで冷えるはずだったが、キッチンが暑いので、クーゲルはまだ焼いている最中のように見えた。どの鍋もブクブクと泡立ち、ミツバチの群れのようにジージーと音を立てていた。

「そんなの簡単」マーゴウはエプロンをはずすと、どうやってうまく説明しようかと考えるように口をすぼめた。「目を閉じるのはキスのうまい人。舌は大きければ大きいだけいいわ。舌のサイズで、彼のお道具の大きさもわかる」マーゴウはセーラムに火をつけ、重く不快な空気のなかに煙を吐きだした。「何のことかわかるわね?」

「もちろん」わたしは昂然と言ったが、一〇〇パーセントわかったわけではなかった。

「舌による測量を信用しない人もいるよ。男の人のあれはハートの大きさに関連しているって、その人たちは言うけれど、でもわたしはそれを証明できないわ。トーニーの場合にはあてはまらないもの。彼はハートをもってさえいなかったもの」

マーゴウの物思いに浸っている様子を見て、わたしは彼女のセーラムを一本抜いても気づかれないだろうと思い、そうした。キッチンには砂糖とレイズンの匂いと煙が充満していた。わたしは何もかも知りたかった。九月には、たぶんこれまでわたしに目もくれなかった男の子たちが、わたしをひと目見ただけで激しい恋に落ちる。そのときに備えておきたかった。

「それじゃ、もう誰かを好きになっているとして、そのあとでその人のキスがとても下手だってわかったら?」

「そんな人は振ればいい」マーゴウはきっぱりと言った。「もしきまりが悪くて言えないんなら、わたしが電話をかけてあなたに替わって振ってあげる」

「マーゴウと恋の話なんかやめなさい」部屋に入ってきたお母さんが言った。

でもお母さんだってロマンティストだ。あれだけのことがあったのに。川のそばでカップルがキスをしているのを見て微笑むし、乳母車の赤ちゃんが目に入るとさっと頬が紅潮する。

その日、お母さんはわたしの手からセーラムを取ると流しに捨てた。「恋は存在するのよ」お母さんはわたしに言った。「わたしの言う意味わかる？　恋はお皿やカップやナイトテーブルと同じように実在している。そのくらい確実に存在している」

「そう、その通り」マーゴウは大声で笑った。「ドリオ家のウェディングのためにここで作るラザーニャと同じくらい確実にね」それから声を落としてわたしに囁いた。「彼は二度目の結婚よ。まえの奥さんはどうなったか、誰も知らない」

「ご参考までに。あの人はリンブルックでトラベル・エイジェントをやっているわ」お母さんがマーゴウに言った。

「それは結構」そもそもマーゴウはウェディングのケイタリングはやりたがらなかった。やろうと言うのはいつもお母さんだった。「一日の終わりに足が痛くなったら、そのほうが恋なんぞよりよほど現実的よ」

マーゴウは好んで突っ張った言い方をするけれど、でもマーゴウも恋を求めているのだ。ちょうど一週間まえに、結婚五〇周年パーティがフランコーニア・ステーキハウスであって、うちがケイタリングを担当し、プチ・フールやシート・ケーキを作った。そのときマーゴウはハンサムなウェイターに残らず声をかけた。ジョーンズ・ビーチに行くときは、万一にそなえていつも車からおりるまえにバックミラーで口紅を直す。口で何と言おうと、マーゴウは男に愛想をつかすかなり手前にいる。

「それでエディはキスがうまい？」その日もっと遅くなってわたしはジルに訊いた。紫色の薄闇がポプラの枝のあいだからおりてきたが、温度はまだ九〇度あった。

「何とくらべて？」ジルは言った。

わたしたちはジルの両親の家の裏庭で、ガレージから引っぱりだしホースで冷たい水を満たした子ども用のプールに入っていた。ジルのお腹が大きくなっているので、プールの縁まで水を入れて、替わりばんこに脚を伸ばした。

「つまり、知りたいのは」わたしはマーゴウから盗んだセーラムを吸い、マーゴウが一席ぶつときにそうするように、親指とひとさし指にそれを挟んだ。「エディがキスするとき何を考えるの？」

「調査してるの？」ジルは体重が五〇ポンド近く増えていた。でも不思議にも、まえと変わらない美しさで、薄闇のなかでうっすらと青白い光を放っているようだった。「いいわ。本当のことが知りたいのね。彼にキスされると頭のなかが空っぽ」

わたしたちは大笑いをした。あまり笑ったので水が溢れてプールの縁から幾すじもしたたった。

「たぶんそうだからわたし、彼と結婚したのね。たぶん考えたくなかったのね」

このことに思いをめぐらしていると、やがてホタルが芝生にやってきた。

「わたし、一〇歳のころに戻りたい」ジルが言った。

「そうね」わたしは同意したけれど、それは本心ではなかった。九月に高校三年になり、わたしの全世界に変化が起きる。それまで待ちきれない気がした。

ジルは形のよい鼻に皺を寄せた。「このあたりどこもトマト・ソースの匂いね」

「うちでラザーニャを作ってるからよ。今夜コロンブス騎士会のホールでウェディング・パーティがあるの」

エディの車が入ってくる音が聞こえた。ジルのお母さんはエディのシボレー・カマロで頭に来ていたけれど、確かにそれは自動車というよりジェット機のような轟音を立てた。エディはわたしの兄と一緒にフード・スターで働いているが、そこの惣菜部の従業員たちが昼休みに駐車場でマリファナを吸っていることを、わたしはジルに話す気にはなれなかった。ジルはエディがボローニャ・ソーセージをスライスしたり、そのほかの仕事を一生懸命にやっていると思いこんでいるのだから、その夢をぶち壊すことなんかできなかった。わたしが告げ口をしなくても、時がたてばジルは確実に彼に失望するだろう。

「ふたりの別嬪さんとはおあつらえ向きだね」エディは言った。

彼は嘘つきだけれど、うまく嘘をついた。彼はもち帰ったビール缶六個のパックをどさっとプールに入れると、芝生に座って靴の紐をゆるめ、すばやくソックスを脱ぐと、プールに足を突っこんだ。ジルのお母さんが彼のソックスの臭いを嘆くのがよくわかった。

「君の兄さんは嫌なやつだよ」エディはビールを手に取りながら言った。

最近兄のジェイソンはアルコールと、違法なドラッグにもっぱら集中しているようだった。

「あいつは自分の車のトランクに配送するビールを全部積みこみやがった。分けろと言われてやっと分けたのさ」

兄の車というのは、しじゅう蘇生術を必要とするお母さんのポンコツ車だ。

「ありがとよ、ジェイソン」エディはビールの缶を空に向かってもちあげた。

「あなたのキスはどんなふうかって、グレーテルが訊いてたのよ」ジルは言った。

ジルはときどきそんなふうで、人に死ぬほどどきまりの悪い思いをさせる。

「やめなさい、ジル！」わたしは結構あわてていたけれど、こういうきまりの悪い場面を切りぬけるための横柄な物言いを身につけていた。

エディは得意になっていた。彼は大変なうぬぼれ屋だった。

「なるほど。そういうことかい？」彼は言った。

気がつくと彼はわたしの横にぴったりと座っていた。そのうえもっとぴったりと体を寄せてきた。

「教えてやろうか？」彼は言った。

まあ、とジルが声をあげた。

「本気だぜ」わたしとジルのどちらにたいしてかわからなかったけれど、彼はそう言い、事態がのみこめないでいるわたしにキスしはじめた。そのころにはかなり暗くなっていて、空を背景に銀色に見えるジルの髪をわたしは目の隅に捉えた。エディはわたしにキスし、息ができなくなるまでキスを続けた。それから身を離すと笑った。わたしは馬鹿みたいにぼうっとしていたのだろうと思う。というのもエディはわたしをちらと見てこう言ったから。「おれのキス、おれが思ったよりいいらしいぜ」

ジルがわたしの脚を軽くたたいていた。「グレーテル？」心配そうな声だったけれど、今度はわたしのほうがうわの空だった。わたしはすばやくプールから出ると、濡れた水着のうえにTシャツと短パンを着て、門に向かった。靴を取りに戻ることはしなかったので、暗闇のなかでさえ、コンクリートの道は焼けるように熱かった。ドリオ家のウェディング・パーティには間に合わない時間になっていて、お母さんとマーゴウはもうマーゴウの車に荷を積みこんでコロンブス騎士会のホールに出たあとだった。そこに向かって走りながら、人間には本当に勝ち目がないのだとわたしは思った。芝生を横切り有料道路に向かう間じゅう、エディのキスが何度も何度も生々しくわたしに襲いかかった。ジルがあんなふうにぼうっとしてぎらぎらした目をしていたわけが、わかった。一回のキスがどんな遠いところまで自分を連れて行ってしまうか、ジルは当惑せずにはいられなかったはず。恋のために人が愚かなことをするのも不思議ではない。人生をめちゃくちゃにし、そこまで行かなくとも、未知の奇妙な軌道に人生を乗せてしまうのも不思議ではない。

コロンブス騎士会のホールについたときは完全に息があがっていた。駐車場は一杯で、月がアスファルトの屋根のうえに昇ってゆくところだった。熱気は高まっているように思え、お母さんとマーゴウが急ごしらえのキッチンを設置した奥の部屋では、温度はゆうに一〇〇度を越していたにちがいない。

「やっと来たのね」お母さんは靴もはかず濡れた服で現われたわたしに言った。「心配してたのよ」

「時間を忘れちゃって」わたしはエプロンを摑んだ。マーゴウが「ふたりのやもめ」というロゴをブルーの地にプリントしたエプロンだ。

「あっちは大騒ぎ」マーゴウがからのトレイをもって作業場に入ってきた。オードブルを供していたのだけれど、まるで戦闘をくぐり抜けてきたように見えた。「あの人たち水みたいにウイスキー・サワーを飲んでる」

飲んでいたことは彼女の息でわかった。わたしはマーゴウを手伝って別のトレイにオードブル——薄い皮で包んだホットドッグ、ミニ・キッシュ——を盛りつけ、お母さんはメインの料理を準備した。気のせいか、マーゴウは少し上気しているように見え、彼女に続いてウェディング・パーティの会場に入ったとき、その理由がわかった。部屋で誰かを探している男性がいて、マーゴウを見ると手を振った。

「ヘイ、ベイビー」彼は呼びかけた。

マーゴウは振り向いてわたしを見た。その瞬間彼女の目には希望がおどっていた。マーゴウはもう一度やってみるつもりなのだ。恋のためなら、本当の恋なら、永続する恋のためなら、彼女は何だってする。

「うまくいくように祈って」マーゴウは囁いた。

わたしはウイスキー・サワーとラム・パンチ専用のバーのそばに立って、マーゴウをずっと目で追った。どういう人なのだろう、といやおうなくわたしは考えた。結婚したことのある人だろうか、それとも今でも結婚しているのだろうか。もしかすると今日の花婿のドリオその人かもしれない。だからどうだということではなかった。彼は部屋の向こう側にいて、マーゴウはまっすぐ彼のほうに動いてゆき、わたしはといえば、わたしは人生の一番暑い夏に、コロンブス騎士会のホールにはだしで立っていた。

告白

ムクドリたちが残らず飛び去っていった冬の一番暗い時期に、グレーテル・サミュエルソンは恋に落ちた。それは実生活ではけっして起きないはずの仕方で起こった。大きな斧が振りおろされたような、空からボルトが降ってきたような感じだった。一瞬まえまではテイクアウトのシシリアン・ピザを待っていた一七歳の高校三年生の世界は、次の瞬間爆発して砕けちり、グレーテルは銀河のなかに漂い、地上から遥か離れて、星たちのうえを歩いていた。

グレーテルは両腕をカウンターに乗せて、ガラス窓の向こうを眺めて白昼夢に浸っていた。誰かが注文の品を取りに来たことにも気づかなかった。でもあとで考えると、グレーテルは彼がそこにいて、横から熱風が吹きつけるのを感じていた。恋に落ちずにいるのは不可能だった。抵抗しても勝ち目はなかった。彼が隣にいることに気づくまえに、彼はカウンターのうえのグレーテルの手に自分の手を重ね、それから彼女の指に自分の指をからませた。グレーテルは見あげて、撃たれたようにはっとした。

「目を覚まさせようと思ってさ」彼は言った。

彼はまさにそれをやった。ひと目彼を見て、グレーテルの心臓は早鐘のように鳴った。ひと目見たとき、それまでの彼女の人生は終わっていた。

ソニー・ガーネットという彼の名前を、グレーテルは聞いたことがあったが、それはどこか遠いところ、疲弊して危険な地域での紛争のことを聞くようなふうにして伝わった名前だった。彼は数回警察に尋問されたことも、裁判を受けて釈放されたこともあった。盗難車、それとも麻薬？　それとも警官を買収したの？　そんなの全部嘘だよ、彼はグレーテルに言った。それはくだらない噂で、やっかみ半分の想像さ。彼はまだ二二歳だが、信じられないほど大人に見えた。札入れは現金で一杯で、ぴかぴかのシボレー・カマロに乗っていた。女の子の手を取るとき、その手は自分のほうから離すことをはっきりさせていた。

彼は注文してあったミートボールサンドの代金を払ったが、入口のホールで自分を待っているだろうとグレーテルは思い、ピザを受けとる手が震えた。箱をぎゅっと摑んだのでトッピングのチーズが垂れるだろうが、彼女は気にしなかった。最初に彼を見たとき世にも奇妙な感じに襲われたのだが、彼が自分のために車のドアを開けてくれたとき、またそれを感じた。どういうわけかまるでソニー・ガーネットがほかの人間のように、普通の血と肉ではなく、澄んだ本物の光で作られているかのように、グレーテルは目がくらんでいた。彼は際立った容貌だろうか？　グレーテルはわからなかった。黒っぽい髪、淡いブルーの目、油断のない鋭い顔は、彼が睡眠を必要としていないかのような印象を与えた。背が高く、たいがいは相手の目の高さまで、身をかがめなければならなかったが、身のこなしがたいそう優美で、話しかけられた女の子は自分が世界でただひとりの人間で、自分と話すことが呼吸よりも視覚よりも、人生そのものよりも彼にとって大事なのだと思ってしまうのだった。

「きみをここに置き去りにはできないね」やけどをしそうなほど、ぴったりとピザの箱を胸に抱きしめているグレーテルにソニーは言った。

「なぜ？」グレーテルは実際的な子で、事態を把握しようとした。慎重でもあり、少なくとも自分ではそう思っていた。

「だってあとで後悔するからね」ソニーは言った。

グレーテルは彼を見あげてまばたきをした。わたしは途方もなく愚かになったのだろうか。彼の言うことを信用するのはなぜ？　彼のことばを残らず信じることがどうしてできるの？

ソニーは自然に滑らかにふるまうので、女の子はどこに行くのかも知らずに駐車してある彼の車に向かって一緒に歩いているのだった。ぼうっとしているうちに、彼は車のドアを開けて乗りこませる。彼が運転席に座るや、グレーテルは自分がどんな目にあうか悟るべきだったのだ。でも傷心は簡単な代価に思えた。いつか払うべきものすべてが、突然支払いを迫られるまでは、簡単に思えるのだ。

彼女の家の車路で彼がグレーテルをおろしたとき、グレーテルの従姉のマーゴウがちょうど来たところだった。マーゴウは玄関の階段から、グレーテルがどうでもいいもののようにピザの箱を無造作に抱えて、カマロからゆっくりと出てくる様子を見守った。

「困ったわねえ」ソニー・ガーネットの車が行ってしまうと、彼女は呟いた。

グレーテルは歩道を覆った氷が自分の足のしたで溶けるような気がした。話したかったが、ことばは出てこなかった。口のなかにあるのはため息だけだった。

「ねえ、フラニー、厄介なことになったわよ」キッチンに入ってきたフランシスにマーゴウは言った。マーゴウはもってきた一〇冊あまりの料理の本をどさっと置くと、手袋とスカーフをはずして、キッチンの椅子にかけた。「腹をくくりなさいよ」

フランシスの意見では、マーゴウはいつも過剰に反応する。だが居間に行き、安楽椅子のうえに置いてあるピザと、催眠術にかかったようにカウチのうえの鏡をじっと見つめている娘を見ると、心配すべき理由があるのだとフランシスも思った。彼女はグレーテルの額に手を当てて熱をはかり、それが燃えるように熱いのでほっとした。少なくともそれなら解決可能な困難である。

「アスピリンを二錠飲んで寝なさい」フランシスは言った。

「オーケー」グレーテルは子羊のように従順で、もう声の届かないところにいた。

「熱があるのよ」キッチンに戻るとフランシスはマーゴウに言った。「それだけのこと」

いとこ同士のフランシスとマーゴウは毎週木曜日の夜に集まり、別れた夫たちを屑入れに投げこんで、自分たちのケイタリングの仕事のために新しい料理を開発していた。マーゴウはパイナップル・チキンを見ようと『ハレルヤ・ハワイアン・クックブック』を開いたところだった。がその本を閉じて言った。

「熱？　しっかりしてよ、フラニー。あの子恋に落ちたのよ」

「『ハワイアン・チキン』をしっかり見て」ただでさえ、フランシスは最近辛いことが山ほどあった。このうえ深刻な問題が起こったら神様のやりすぎというものだった。

だがマーゴウはどんな問題も無視する人ではなかった。翌日、華氏一八度の気温をものともせず、イヤーマフをつけ手袋を二重にはめて三時きっかりに玄関の階段で待ちうけていた。鼻の先が青くなるほど、凍りつく寒さだったが、グレーテルがソニーの車で家に着くまで、マーゴウは外に出たままセーラムを二本吸った。

カマロの窓が曇っていたので車内は何も見えなかったが、グレーテルが車のドアを開けて転がりでてきたとき、止めるなら今のうちにしなければ、とマーゴウは思った。グレーテルは夢見るような暖かな表情をしていて、空中の寒気も緩むようだった。彼女はマーゴウの腕に自分の腕を通して、ソニー・ガーネットの車が走りさるのを見送った。車はルビーか血の色を思わせる濃い赤で、目を細めると、まるで赤く光る糸がアスファルトと氷を縫って進んでゆくようだった。

「帰宅時間に三五分遅刻」マーゴウは言った。

「それがどうかした?」グレーテルは言った。

マーゴウはため息をついた。「ひどい目に会うのをさんざん見てきたでしょうが? お母さんやわたしを見て何もわからないの?」

グレーテルはマーゴウの頬にキスをすると、玄関のドアに向かった。「ほっといて。わたしの人生だもの」

マーゴウやフランシスの離婚は、今のグレーテルとは別の世界で起こったことなのだった。マーゴウを捨てたり、失望させた男たち――最近の相手は最初のそぶりとは違って今も結婚していることが判明した――とソニー・ガーネットは違う人種なのだった。ソニーはそんな男たちを吹きとばした。指を鳴らすだけで、彼らをこっぱみじんに打ちくだき、破片を集めてもとの姿に戻すことができるのだった。

ソニーのことを考えるだけで、グレーテルはうっとりした。どこにいようと、何をしていようと、心のなかでは高校のまえの歩道にとめてある彼の車のほうに歩いていた。春まで商用で不在の兄デズモンドと、彼が共有しているアパートの居間に立っていた。眼を閉じるたびに、彼が最初にキスしたときの感じが蘇った。それまで恋愛をさほど経験したことがなかったし、わずかな経験はソニー・ガーネットには役に立たなかった。彼が体を寄せるとき、自分が墜落してゆく断崖を予見させてくれたものはなかった。

キスするまえに彼はグレーテルに囁いた。いい？　と訊かれても彼女は答えられなかった。しかし彼は答えがわかっていたに違いない。なぜならキスをし、それは深い深いキスだったので、グレーテルは沈みこんだ場所から永久に浮かびあがれない気がした。たぶん今もそこにいるのだろう。たぶんそこにいて至福に包まれている。グレーテルはキッチンに行き、本をカウンターに投げ出し、マーゴウが話しかけるのを無視して、グラスにジュースを注ぐと飲みほした。彼とのキスはまだ続いている。

「言ったでしょ、この子、恋をしてる」マーゴウはフランシスに向かって宣言した。フランシスはテーブルに向かって、収支計算と月ごとの請求書への対処に大わらわだった。

「食べすぎないようにね、あとで食べられなくなるから」向き合って座り、ピーナッツバターのサンドイッチを作っているグレーテルにフランシスが言った。

「はい」グレーテルはぼんやりと答えた。

フランシスは顔をあげた。こんなに素直な娘は見たことがなかった。

「言ったでしょ？」マーゴウが言った。「これがいつものグレーテル？」

サンドイッチを食べるグレーテルをふたりはまじまじと見た。いつもの顔だった。高い頬骨、すぐにゆがんで冷笑を浮かべる幅広の口。だが何かがはっきりと変わっていた。ふたりはグレーテルを深く愛していたが、扱いにくい子だといつも思っていた。その角が今なくなっていた。

「あなたの言う通りだわ」フランシスは不安がさざ波のように皮膚を這うのを感じた。グレーテルの親友のジル・ハリントンが妊娠して高校二年で結婚したことを思った。フランシスは未払いの請求書をわきにのけると、じっと考えた。

「出かけてはいけません」フランシスは言った。

「どうして？」グレーテルは大きな声を出した。

「早いうちの予防が大事」マーゴウがグレーテルに言った。

「いつまで?」

「永久に。というか彼と別れるまで」フランシスが言った。

「フェアじゃないわ。彼を知りもしないのに」

「知ってるわよ」キッチンから走りでるグレーテルに向かってマーゴウが呼びかけた。「あなたが思うよりずっとよく知ってます」

グレーテルは自分の部屋に入って鍵をかけると、ベッドに身を投げて、兄が夕食をもってきてくれるまで泣いた。ジェイソンがノックするとグレーテルは鍵をはずし、また掛け布団のうえに身を投げた。目のまえの夕食はボローニャ・サンドイッチでマスタードとピクルスが添えてあった。

「ありがと」グレーテルはあいまいに言った。主義としては、彼女は何かハンガー・ストライキのようなものをやらなければ、と考えていた。

ジェイソンは部屋の壁に頭をもたせかけた。この二、三年、彼は自分の人生を破壊するのに忙しく、グレーテルとはほとんど話をする暇もなかった。今彼が親しげにするので、グレーテルは驚いた。

「ソニー・ガーネットとはね」彼は思いにふける様子だった。「きみは偉い」ジェイソンは今でも美しく、今の彼にとっては頭が切れすぎたが、性質はずる賢くなっており、がりがりに痩せていた。「きみは町で最高のドラッグを手に入れられるよ」

「そんな、勝手な想像よ」グレーテルは言った。ボローニャ・サンドイッチは思ったよりおいしかった。恋をするといつもより空腹になる。以前にはほしくなかったものがほしくなり、自分が今ほしいもの全部を思い浮かべるとグレーテルは困惑した。

「手に入れてくれるよな」グレーテルに向かって、ジェイソンは最高の笑顔を見せた。すてきな笑顔なので相手はたいがい乗せられる。「あいつはアンフェタミンが専門だ」

グレーテルは食べるのをやめた。「おやまあ、何を考えてるの？　兄さん気ちがいだわ」

ジェイソンはいつも妹がナイーヴだと思っていたが、このときは哀れになった。「目を覚ませよ」彼はうんざりした様子で言った。

「当たり！」部屋を出てゆく兄にグレーテルは叫んだ。「わたし、今目を覚ましているところ！」

その日、真夜中にグレーテルは窓から外に出て、凍りついた道を歩いた。あらゆるものが、道も空も雲も濃いブルーか黒だった。グレーテルには火がついていて、天候は気にとまらなかった。ほとんどの人間が経験したことのない、さらにそれを生きのびた者は少ない、純粋な欲望のなかに彼女はいた。こっそり窓から出ることは何でもなかった。母親の言いつけを守らないのはもっと簡単だった。彼女は利口だったが、ソニー・ガーネットのためなら何でもできた。そのために馬鹿になるなら、それでよい。そこにいるのは、世界じゅうで一番馬鹿な娘で、ソニーのドアにたどり着くまでは立ちどまろうとしなかった。

ソニーの部屋は四階にあった。グレーテルがノックしたとき、半開きになっていたドアが開いた。ソニーは電話に出ていて、グレーテルに背を向けていた。シャツを着ていなかった。黒いゆったりとしたズボンをはいて、髪はシャワーのあとで濡れていた。グレーテルはこれが人生の決定的な瞬間であることを意識した。ここにとどまるか、逃げ出すか。自分の一番求めているものに背を向けて、そのあとずっと後悔しながら生きる、わたしはそういう人間だろうか。実際には彼に近づいて腕を彼の体にまわすまで、彼女はその答えを知らなかった。

それ以後グレーテルは可能なときはいつでも彼のアパートに行った。体が燃えるように熱くなっていて、小さな火花が指先から落ち、毎晩歩く同じ道にその跡を残した。彼女の秘密の生活はいろいろな影響を及ぼしはじめていた。口から思わずことばが洩れたり、妙なことがおもしろかったりした。眠りから覚めると自分の名前が思い出せないことがよくあった。これが恋なのだ、彼のそばにいるときグレーテルは思った。だが朝、窓から部屋に入って自分のベッドに戻ったあと、胸を突きぬけて盛りあがってくる心臓の輪郭が見えるように思うときがあった。清潔なシーツと取り残された二、三羽の冬鳥の歌になだめられて、明け方に僅かな睡眠を盗みとろうとしても、グレーテルは突然パニックに陥るのだった。腕や脚が氷のように冷たくなって、わたしは覚悟ができているのだろうか、と彼女は思う。まだ今は駄目、この先も駄目だろう。

ソニー・ガーネットは普通ではない時間に寝起きしていた。昼ごろまで眠り、明け方まで起きていた。グレーテルがそのことを知ったのは、二度ばかり母親には友だちの家に泊まると言って家を出、その足でひと晩を過ごすためにソニーのアパートに行ったからだった。そこにいるあいだは彼がすべてだった。夕食もせず、話すことはなかったから話もしなかった。グレーテルはおよそ人間がすると思っていなかったようなことを彼にさせた。彼に見つめられ、「けっしてきみを離さないよ」と言われると、その目や声がそうさせてしまうのだった。

あとになって彼女が一番思いだすのは、電話がいつも鳴っていたこと。ひと晩じゅう鳴り続けていた。それから、ときには一緒にベッドにいるときに、ときにはグレーテルがぐっすり眠りこんでいるときに、誰かがドアをノックした。心配するな、気にするな、とソニーは言った。彼はひとりで対処した。彼が廊下に出てゆき、ドアを閉めたとき、グレーテルは彼が何をしているのか、どこにいたのか、を考えようとしなかった。だが或る夜ソニーは帰らず、誰かがやって来た。グレーテルは無視しようとしたが、ドアをドンドン叩く音が次第に激しくなり、それ以上耐えられなくなったとき、彼女は服をはおってドアを開けた。そこに立っていた男は、グレーテルが何か言うまえから激怒していた。

「どこにいるんだ？　あいつは」男は訊いた。

「知りません」それは事実だったが、グレーテルにはひどく馬鹿げた滑稽な答えに思えた。とにかく彼女が今身を置くことになった世界では、真実が嘘と同じくらい薄っぺらに聞こえるのだ。

男はドアを強く押しあけたので、それはグレーテルの肩にぶつかった。彼は何をすることも——殺すこともレイプすることも——できただろうが、彼はキッチンの戸棚と引き出しを残らず調べただけだった。探していたものがないとわかると、彼は背を向けて出ていったが、ドアを乱暴に開けたので、グレーテルの皮膚に紫色の痣が残った。あとになってその痣を見るたびにグレーテルは、まるでマーゴウが自分の頭に入りこみ、くり返しくり返し、賢い子は跳ぶまえに見なければ駄目よ、と言っているような感じにつきまとわれた。

二月の末、灰色の無情なある日に、グレーテルは生理が遅れていることに気づいた。彼女は友だちのジルが夫と六か月の赤ん坊と住んでいる、ハリントン家の地下に出かけていった。赤ん坊は父方の祖父の名をとってレオナルドという名前だった。レオナルドは年のわりに成長が早く、大きなカニが横ばいするように、床に円を描いて這いまわっていた。そのそばでグレーテルは泣いた。

「一番いい方向に向けていかなきゃ」ジルは言った。「わたしを見てごらんなさい」

グレーテルはジルに目を向け、また泣きはじめた。

「ご愁傷さま」ジルは向かっ腹を立てた。「おいで、カニちゃん」彼女はレオを床から抱きあげると何度もキスをした。「そんなに悪いことじゃないわ」

その晩、グレーテルはマーゴウの家に行った。玄関のベルはずっと壊れたままなので、ドアをドンドンと叩いた。

「心臓麻痺が起きるじゃないの」グレーテルを入れながらマーゴウは言った。彼女はテレビでニュースを見ながら、チョコレートのかかったプレッツェルを食べていた。家のなかは散らかり放題だった。トーニーが出て行ってからもう何年もそういう状態だった。

「わたしが妊娠したとしたら、どう?」グレーテルはおずおずと切りだした。

「何ということ！」マーゴウは言った。「あなたたち女の子はどうなっちゃったの?」

グレーテルはどさりと安楽椅子に座った。頭がくらくらした。「もしかしたら、という状態なの」

「わかった。もしかしての場合の対応を知りたいのね」マーゴウは煙草と、別れた夫が昔くれたダイヤモンドを埋めこんだライターをもち出した。「もしかしてわたしがあなたを殺したら、どう？　っていうようなものね」

「お願い、答えて」グレーテルは言った。「恩に着ます」

「グレーテル、あなたはもっと賢い子だと思ってたわ」

「わたしは彼に恋してるの」まるでそれが万能の説明であるかのように、グレーテルは言った。

「確かに」化粧をしていないマーゴウは疲れた様子だった。だがこういうときにどんな気持ちになるかが思い出せないほど年をとってはいなかった。「どうしたいにしても、わたしはあなたの味方よ」彼女はグレーテルに言った。

三日後に生理があった。だが安堵するかわりに、グレーテルは奇妙な喪失感に襲われた。彼女は自分を閉ざした。話さなくなった。ソニーが誕生日にオパールの指輪をくれたとき、彼女は座りこんで泣いた。

「そんな顔をされるとは思わなかったぜ」ソニーは言った。

指輪に問題があるわけではなかった。それはグレーテルが今まで貰ったことのない、世にも美しい指輪だった。彼女は昼も夜もそれをはめ、眠るまえに眺め、朝目を開くとじっと見入った。だがそのオパールをどれほど見つめようと、破局が近づいており、胸の裂ける思いはすぐそこまで来ているのだという予感を消し去ることはできなかった。ソニーの部屋では深夜に電話が鳴るようになった。何かが壊れかかっていることを知る人のように、彼女はソニーを見るたびに胸に痛みを感じた。

冬が終わるきざしが見えはじめた三月にそれは起こった。空の青みは増し、風からはハンマーの衝撃が薄れつつあった。氷が溶けはじめ、排水溝や道に冷たい細い流れとなった。土曜日でフランシスとマーゴウはキッチンで、聖パトリックの祝日のパーティの準備に、ポテトのキッシュ、ミントのクリームを入れたエクレア、グリーンに色づけしたツナ・サラダを詰めたセロリのスティックを作っていた。昼どきだったが、この家ではランチをしない。その辺にあるものを勝手に食べることになっているので、ネイビー・ブルーのジャケットに着替えてキッチンに入ってきたグレーテルもそうした。

「どこに行くの?」母親が訊いた。「うちにいたためしがないわね」

グレーテルはもうエクレアをふたつ食べていて、三つ目を取ろうとしたとき、フランシスがその手を叩いた。

「ちょっと外にでてくる」マーゴウは唇をすぼめてグレーテルを見ていた。ある国家秘密を握っているような顔だ。「特にどこってぃうんじゃない」グレーテルはマーゴウに言った。

だがもちろん嘘だった。前の日、ひと晩じゅう彼女はソニー・ガーネットの夢を見ていた。夢のなかで彼はグレーテルを置き去りにして電話に出た。ソニーはいつも電話で話しながら歩く。コードを止血帯のように腕にまきつけている。少しでも緊張しているからではない。そんなことはけっしてない。彼の話の内容がわからなくても、彼の声は落ち着いて滑らかだった。だが夢のなかでは違っていた。彼が話すと、その口から石がいくつも出てきた。白い石だが、まったく傷がなく、しばらくたってからグレーテルはようやくそれが石ではなく、完全な白い歯だと気づいたのだった。

その朝目覚めると、グレーテルは彼に会わねば、という気持ちに急きたてられた。昼にはもう待てなかった。彼のもとに向かう道すがら、彼女は今にも壊れそうな、微かなものさえ自分を痛めるような、奇妙な感覚に捉われていた。頭上から落ちる小枝や、ひと吹きの突風、どんなものでも自分を壊して、道から吹き飛ばしてしまいそうだった。恋に落ちてからというもの、それ以外の事柄はいつの間にか彼女から抜け落ちていた。目のまえの道路や樹木も、未来や過去も、すべてがソニー・ガーネットとともにいる現在のなかにどっぷりと浸されていた。彼のアパートの建物の正面入口のそばに立つ幹のねじれたクラブ・アップルの木が彼女の目に入ったことはなかった。四階まで駆けあがるとき階段のきしむ音は耳に入らず、階段の吹き抜けの寒さ、青みがかった三月の戸外よりもそこが冷えきっていることなど少しも気づかなかった。

ドアをノックしようとして、グレーテルは自分に言った。今ならひき返せる。でもそうしなかった。彼女は唇をきつく嚙み、これから起こることが何であれ、それに向きあう心の準備をした。だがそれでも、若い女性がドアを開けたとき、グレーテルは完全に落ち着きを失った。相手は一九か二〇歳くらいの美しい人だった。長い金髪で濃すぎる化粧をしていた。たちどころにグレーテルは口がきけなくなった。

「何ですか？」相手は言った。少なくとも彼女の歯はひどかった。安物の名前入りのネックレスをしていて、ローラとあった。彼女はまるでその部屋の所有者のようにふるまった。「何かほしいの？」彼女は両手を腰に当てて訊いた。

「ソニー」グレーテルは答えた。悲しくも、それが本当のことだった。リノリウムがひび割れて汚れている入口に立って、彼女は彼がめちゃくちゃにほしかった。

「ソニーは眠っているわ。もっとあとで来たらどう」

「いいえ」グレーテルは言った、「今じゃなきゃ困るんです」

ローラは玄関ホールに入って背後のドアを閉めた。「あたしだったら起こさないけど。それでなくても、彼は居間で寝かせられてひどい状態なのよ。寝室はデズモンドが使うから」

グレーテルにとってこの女性は未知の外国語を喋っているのも同然だった。

「聞いてる？」ローラは黙りこんでいるグレーテルの顔のまえで、手をひらひらと振った。

「大丈夫？」

するとグレーテルは泣きだした。「ソニーはあげられません」爪を赤く塗り、濃いマスカラをつけたこの大人のライバルにどうやったら勝てるのか、皆目見当がつかなったが、グレーテルはそう言った。

「あたしがソニーと一緒だと思ってるの？　あたしはデズモンドを待ってるのよ」グレーテルはまたぼんやりした目を向けた。「ソニーのお兄さん？」

ようやく事態がわかると、グレーテルは相手が長いこと行方知れずだった姉であるかのように、ローラに腕をまわした。するとローラもグレーテルと一緒に泣きだした。

「本当に辛かったわ」泣きながらローラが言った。近くで見ると、ローラは最初思ったよりずっと年上に見えた。三〇に近いのかもしれない。「地獄だったわ。あたしニュー・ハイド・パークでお母さんと一緒に暮らさなきゃならなかった」

　ふたりは奥に入り、キッチンで一緒にコーヒーを飲んだ。デズモンド・ガーネットがこの一八か月、ナッソウの郡監獄にいたことを、そのときグレーテルは知った。

「仕事で出張しているのだと思ってた」グレーテルは言った。

「その通り。アンフェタミンと粉末メタンフェタミンが彼の仕事」

　年上だったので、デズモンドが逮捕された。次はソニーの番だ、と言う。

「彼が戻ってくると思うと落ち着かないわ。彼がここに着いたとき何もかも完璧にしておきたいの。あたしの髪、ちゃんとなってる？」

「すごくすてき」グレーテルはそう答えたが、内心思った。ちょっと疲れたのね。今までずっと待ちどおしでくたびれてしまったのね。

「ソニーにもやっとお相手が見つかってよかったわ」

「そんなに真剣じゃないんです」グレーテルは自分がそう強調するのを聞いた。なぜそんなことを言うの？　まるでそれが本当であるような顔で、コーヒーを飲んでいるの？　彼女はオパールの指輪をまわして、石が見えないようにした。これまでずっと彼女は彼のために呼吸してきた。少なくともそう信じていた。だが今、果たして自分がソニー・ガーネットを知っているのかさえ不確実だった。彼は何者だったのか。一体全体どういう人間なのか。「本当にどうしようもない人たちよ」ローラは首を振った。「向こう見ずにやりたいことをやるの。あたしたちには耳も貸さないで」

「そうね」グレーテルは言った。キッチンの蛇口から水が垂れる音がしていた。暖房が強すぎた。道路の車の音がここまで響いたが、グレーテルの耳には今初めてそれが届いていた。グレーテルはコーヒー茶碗をすすいだ。「帰らなきゃ」彼女は言った。

「あたしが掃除機かけてソニーを起こしてしまったら、あんたここにいたことを絶対後悔するわよ」

グレーテルが入ってゆくと居間は薄暗かった。窓のブラインドは全部おりていて、ソニーはカウチで眠っていた。長い脚を伸ばし、青白い顔をしていた。カウチのすぐそばに編みあげ靴が、すばやく逃走することが身についた人間のやり方で、置いてあった。薄闇のなかで彼は美しく、遠い惑星から来た生き物のように見えた。帰途ずっとグレーテルはその顔を思い浮かべていた。それを胸に抱きしめ、抱きしめつづけていると、ついにそのイメージは彼女の脳裏で砕け、透明な白い光になった。

家に着いたとき、母親は外に出てマーゴウの車に野菜料理のトレイを積みこんでいた。

「グレーテル」フランシスは呼びかけた。「わたしたち遅くなるから先に寝なさい」

マーゴウはエクレアのトレイをもって玄関の階段に出てきた。

「気分が悪いの？」グレーテルの顔を見てマーゴウは言った。

「悪い」グレーテルの頭にはまだ白い光がたゆたっていた。しかしそれはやがて薄れてゆくだろう。

「振られたのね」

この時期にしては穏やかな天気の午後だった。あたりは青く霞がかっていた。

「ええ」グレーテルは答えた。目を細めると、白い光はもう薄れはじめていた。

「あの野郎」マーゴウは首を振った。エクレアのもち方を変えて、片腕をグレーテルの肩にまわした。「もっといい人が見つかる。きっと見つかる」

そのときにはもうグレーテルはオパールの指輪をポケットにしまっていた。それは本当にはかなげな指輪で、失くなってもすぐには気づかないだろう。気づいてからカーペットやラジエーターの下を何度も探すだろうが、それが見つかることはない。どれほど懸命に探しても。

「早く終わってラッキーだと思わなきゃ。遅いよりよかった」マーゴウは言った。

グレーテルが頭を振ると、最後に残っていた白い光は宙に飛び去り、やがて春になる大気のなかに溶けていった。
「わかった。そう思うことにする」グレーテルは言った。

最後の憩い

大気が優しくて、偽りの希望を運んでくるような、そんな或る朝、お母さんはレンギョウの木のそばに立っていた。蕾がほころびやがて花の黄色に葉の緑が交じるようになった。葉と花で重くなった枝が中庭にしなだれていて、そのそばに独りきりのお母さんがいた。最初に癌と診断されて治療を受けて以来、何年も吸わなかった煙草を吸っていた。暗褐色の濃い髪には櫛もブラシもあてていなかった。お母さんはレンギョウのそばで泣いていたけれど、それを見なくてもわたしにはわかった。言われなくてもわかることがあって、これから起ころうとしていることは、お祈りをしても、生贄を捧げても、どんな値を支払っても、変えることはできないのだ。

その晩わたしたちは暗いなかで夕食をした。そうしたかったからではなく、嵐が来ていたからだった。フランコーニアじゅうの電線が風でずたずたになり、世界は暗い場所になった。闇のなかでは懐中電灯は金塊のように有難く思えた。わたしたちはワインのボトルに蠟燭を立てて、マーゴウがピザをもってくるのを待った。

「オーブンの火が消えるまえの最後のピザよ」マーゴウは前菜とワインも二本買ってきてくれた。お母さんはそのうちの一本を摑むと栓を開けた。

「酔っぱらおうよ」お母さんは言った。

マーゴウとわたしは目くばせをした。お母さんは飲まない人だ。

「いいわ」わたしたちは同意した。そして煙突をカタカタ揺らす風を聞きながら飲みはじめた。

蠟燭が燃え尽きるまでわたしたちは飲みつづけた。そのころには食べ物もあらかたなくなっていて、それ以上飲む気になれなかった。一〇時に兄のジェイソンが仕事から戻った。彼は黙って冷静に、世界にたいする不信感を常よりもあらわにして、悪い知らせを受け入れた。彼はフード・スターで、二交代分働き、治療費やローンという、二〇歳の青年が普通なら心配しないでもよい問題に頭を悩ませていた。彼の自由な時間はすべてハイな気分になることに費やされていた。これでもかというほどドラッグをやり、以前よい成績を取るのが目標だったように、自分の破滅に向かってまっしぐらに進んでいた。彼は大学に行くはずだった。人生で最高のときを過ごしたはずだった。なのに彼は今、うちの暗いキッチンでピザの最後の残りをがつがつと食べ、お母さんにワインを飲ませたことでわたしたちをしつこく責めている。

「本当は飲んじゃいけないのだけれど」マーゴウは言った。

この時点で、お母さんはカウチで体を丸め――ちょっとひと眠りとお母さんは言ったけれど、眠りこんでいるのは明らかだった。両膝をガリガリ音を立てるほどこすり合わせて、背中をねじって寝ているお母さんの姿を見れば、世界は誰の想像も越えるほど残酷な場所なのだと感じずにはいられない。公平自体が無意味な、最後にはわたしたちを欺くだけの概念だとさえ思えてくる。

マーゴウは泣きだし、つられてわたしも泣いた。

ジェイソンはうめいた。「泣けばうまくいくのかよ」

「何をしたって、もううまくいきっこないわ」マーゴウは言った。

お母さんが腋の下にできたしこりに気づいて以来、この二、三か月のあいだに事態は急展開した。たぶんそのためにマーゴウは何日かのあいだにまる一歳年を取ったように見えた。時間の流れは以前のようではなく、ドアは開ける間もなく音を立てて閉まった。幸運がやってくるには途方もない時間がかかるけれど、悲しみは弾丸の早さでやってきた。

翌朝皆二日酔いだった。しかしマーゴウがやってきて、わたしがようやくベッドから出たときには、お母さんはもうキッチンのテーブルに向かって、電話帳で共同墓地を調べていた。

「ちょっと。何のつもり?」マーゴウは言った。

お母さんは微笑んだ。自分が正しいことをしていると確信しているときのいつもの笑い方だった。「一緒に来たくなければ、いいわよ。自分で運転して行くから」

「自分のお葬式にも運転して行くわけ？」とマーゴウ。

「タクシーで行くわ」お母さんは手をのばしてマーゴウのセーラムを一本抜いた。「吸っちゃいけないいなんて言わないでしょうね」お母さんはマーゴウに言い渡した。「わたしには好きなようにする権利がある。吸っても吸わなくてももう関係ないんだから」

わたしはオレンジジュースをコップに注いで泣いた。

「ごらんなさい、フラニー」マーゴウはお母さんに言った。「グレーテルを泣かせたりして。どういうつもりでまた煙草を吸ったりするの？　あなたのひとり娘は気が変になっちゃうわ」

「とても敏感な子なの」お母さんは言った。「すぐに泣くのよ」

本当のことを言えば、わたしはお母さんが異常に眠るようになるまで、また調子が悪くなったことに気づかなかった。それは昼寝などというものではなく、今お茶を飲んでいたと思うと、次の瞬間にはテーブルに顔を押しつけ目を閉じて眠っていた。それからどんどん体重が減った。ランチを外で食べるときにはチョコレート入りのミルクセーキやダブルのチーズバーガーを食べているのに減りつづけた。咳が始まったとき、わたしは容易ならざることだと悟った。咳はひと晩じゅう途切れることがなく、わたしの夢のなかにまで響いていた。必ず医者に行くとお母さんは言ったけれど、何週間も何か月も過ぎ、そのうち背中が痛むようになった。わたしたちはそこまでわからなかったけれど、それは癌が再発しただけでなく、肺に転移して広がった兆候だった。

「グレーテルがそれほど敏感な子なら、それならどうして大学を受けなかったわけ？」マーゴウは言った。「それがあなたの望みだということはわかってるのに。あと二か月で高校を卒業だというのに、グレーテルはどうするつもりなの？　ジェイソンみたいにフード・スターで働くの？　それとも新聞配達？」

「その話は別のときに」わたしは言った。

「いつ？」マーゴウは後に引かなかった。「今じゃなければ間に合わないのよ」

「喧嘩はやめようよ」相変わらず共同墓地一覧を見ているお母さんを顎でさして、わたしはマーゴウに言った。

「これが喧嘩だって言うの？」マーゴウは首を振った。「本物の喧嘩はこんなものじゃない」

「パインローンにしよう」お母さんはやっと電話帳を閉じた。

わたしはまた泣き出した。

「泣くんなら連れてゆかない」お母さんが言った。

「絶対連れてゆかない」マーゴウが同意した。

わたしは鼻をかんで、サングラスで目を隠した。

「やっと普通に話せるようになったわね」お母さんが言ったのでわたしはつい笑った。だってひとことも話していなかったのだから。

わたしはそのまま、黒っぽいサングラスに顔を隠して、パインローンに向かう車のなかにいた。高速道路を離れると、お墓が何マイルも続いていた。これほどたくさんの人びとが死に、しかもここに一列になって存在していると思うと、立ちすくむ思いだった。

「おやまあ」マーゴウは言った。彼女が運転していたが、道よりもお墓に気を取られているようだった。「どこまでも終わりがないわ」

墓地を買ってくるあいだ、マーゴウとわたしは車のなかで待っているようにとお母さんは言いはった。マーゴウとわたしは煙草を吸い、ラジオを聴いた。お母さんのために泣くのはやめようと誓っていたので、わたしたちはゲームを始めた。小さいわたしのベビーシッターをマーゴウがしてくれたころに教わったゲームだ。

「わたしはおばあちゃんの家に行って、アックス（斧）をもってきます」とわたしはAから始めた。

「わたしはおばあちゃんの家に行って、アックスとバルビツール酸塩のヴィアル（瓶）をもってきます」マーゴウが反撃した。

「ヴィアルはVだから駄目よ。Bにするならバルビツール酸塩のバンチ（束）とかにしなきゃ」

「わかった」マーゴウは言った。「バンチでも、バジリオンでもござれだ」

次はわたしの番でCだった。「わたしはおばあちゃんの家に行って、アックスとバルビツール酸塩のバンチと、キャンサー（cancer）の治療薬（cure）をもってきます」

「やめて」マーゴウはため息をついた。

手に負えない子だ、と思いながらもマーゴウはとにかくわたしを愛していて、そういう愛は最高の愛なのだ。事務所から出てきたお母さんは目の焦点が定まらず、上気しているように見えた。車に乗りこむとバラのような匂いがした。お母さんはパインローンの地図をもっていて、通りや曲がりくねった小道がごちゃごちゃと書いてあるその紙をわたしたちの目の下でひらひらと振った。

「ヴィスタ通りの二の二の五という区画」

そのときわたしの手の煙草がお母さんの目に入った。

「何の真似?」お母さんは声をあげた。「どうしてそういうことをするの?」

投げ捨てようとわたしはもう車の窓を開けていたが、お母さんが煙草をもぎ取るほうが早かった。お母さんの指先からは電流がほとばしり、髪が逆立っていた。

「二度と吸っては駄目! 絶対に駄目!」

お母さんはフロントガラスのほうに向きなおった。肩が震えていた。

「わかった」わたしは言った。泣いていたかもしれない。「もう吸わないわ」

「フラニー、わたしが悪かったのよ。ままよ、と思っちゃって」マーゴウが言った。

「もっとましなことを思いなさい」お母さんの声は小さくて固かった。「さあ、ヴィスタ通りに出発」

マーゴウは運転を始めたが、墓地はわかりにくくて、お母さんはナビをしつづけたが、それでもうまくゆかないと、車を停めさせて自分がハンドルを握った。ようやく二の二の五という区画に着いたころには雨が降りはじめていた。春の、軽い淡い色の雨でいい匂いがした。傘もレインコートももってきていなかったけれど、わたしたちはとにかく車から出た。

「気に入らないわ」マーゴウは唇をすぼめた。口のあたりが小刻みに震えていて、喋りにくそうに見えた。「全然気に入らない」

「何がいけないの？」お母さんが訊いた。「他のところと同じじゃありませんか」

「ひとつにはお隣とくっつきすぎている」そう言ったときマーゴウは泣いていた。「ああ、フラニー」

マーゴウはそれ以上言えなかった。彼女は泣きじゃくり、喉が締めつけられたような声なので、別の人の声みたいだった。マーゴウは煙草を探すかのように、ハンドバッグのなかに顔を突っこんだが、そのあいだもまるで喉に何か引っかかって、どれほどもがいてもそれを出すことができないような、恐ろしい声を出しつづけていた。

「こう考えたら？」お母さんが言った。「ここは混んでいるかもしれないけれど、そのぶん淋しくないわ」

マーゴウは鼻をすすった。「ここでパーティを開いてるというわけ？」

いつもそうだが落ちてくる雨は無色透明でなくて、空そのものが降りてくるかのように、淡い空色をしていた。お母さんは求めない人だった。自分の欲しいものを手にいれたことはなかったんじゃないかと思う。新聞で悲しい話を読むと泣き、心から人に親切にすることを願い、自分自身が死のうとしているときでさえ相手を慰めようと、腕をまわして肩を抱く人だった。

「ここきれいね」わたしは言った。

マーゴウが裏切り者を見るような目をわたしに向けたが、わたしは取りあわなかった。

「本当よ。きれいだわ」わたしはお母さんに言った。

わたしたちの頭上の葉のない木に、小さな灰色の鳥が一羽とまっていた。雀かツグミだ。鳴いてくれるのを期待して、わたしたちは見上げたけれど、その鳥は石のように押しだまっていた。三人とも思わず笑った。

「なんてこった」マーゴウが言った。「この鳥、啞だわ」

「たぶん休憩しているのよ」お母さんは言った。「たぶんわたしたちがここに着くまえに、この世で一番きれいな歌を歌ったんでしょう」小鳥は揺れうごく枝からわたしたちをじっと見おろしていた。「わたしたちにはわからないけど」

雨は勢いを増していたが、誰も気にとめなかった。わたしたちは瞬きさえしなかった。

「そのとおりかもね」わたしは無理にも同意した。「わからないことね」

天使と格闘した青年

（創世記第三二章にヤコブが天使と格闘する挿話がある）

ジェイソン・サミュエルソンが最初に自分の運命に出会ったのは九月だった。百合が色褪せ、夕暮れになると空気が冷え冷えとしていた。あとになって彼を愛する者たちは、その日を振りかえり、ジェイソンの螺旋を描く下降線はすでにそれ以前から始まっていたと気づいたのだった。彼らは自分たちの目のすぐまえにあるものを見ていなかった。足の下の砂の動きを見逃しつづけた者たちが、ついに地震が起こったとき、世界全体のもろさを悟る、ちょうどそんなふうに。

ジェイソンがフード・スターの積荷場で倒れたとき、最後に目に入ったものは、頭上の青い空だった。その雲ひとつない広大な眺めの下では、受けとるだけで何を返すこともしないいい気なこの青年も、自分が無力で小さな存在だと感じた。その少しまえ、ジェイソンはそのスーパーの食肉倉庫で血管のなかにヘロインを注入したのだが、その瞬間何かがいつもと違うと感じた。麻薬で興奮するとき彼の魂に訪れる平穏がやってこなかった。それにかわって、何かぬるぬるしたものが彼のなかに充満していた。まるで彼の皮膚の下に閉じこめられた黒いヒキガエルと孵化したばかりの蛇がなんとか外に出ようとしてもがきのたうっているようで、そのために彼は息ができなくなってアスファルトの上にのびてしまったのだ。

彼の恋人のテリー・ロパッカが、野菜と果物売り場から出て彼を見つけた。そのときにはジェイソンの脈は弱まり、顔は灰色だった。テリーが自分の脇にいて、泣きながら助けを求めていることや、フランコーニア病院からの救急車がやがてここに来ることを、ジェイソンはまったく知らなかった。死が近くに来たとき、一筋の白い光がさし招くのを見た多くの人びととは違って、ジェイソンは空のなかに掬いあげられたかのように、空虚な空間に取りまかれていた。自分よりもはるかに強い何かにつかまれ、彼はそれに歯向かって体を打ちつけた。永遠という無限に燃えるものが、彼の手首を押さえこみ、彼の魂をゆすった。彼の心臓と肺をどろどろした毒が包みこんだが、彼は降参しようとしなかった。その積荷場でジェイソンは戦い、その戦いは果敢だった。彼は手足をばたつかせ、蹴り、犬のように唸った。そのアスファルトの上で、バナナのケースやドッグフードにはさまれて死ぬつもりはなかった。

四人の救護員と救急車の運転手が、やっとのことで彼を取りおさえ、積荷場から運びだした。そのときでさえ、彼が暴れて首を折らないように、担架にしばりつける必要があった。三時間後救急医療室の金属のベッドで、意識を取りもどしたとき、女性たちが彼のベッドを取りかこんでいて、彼女たちの低い話し声だけが聞こえていた。一瞬、彼は自分が戦いに負け、何か天国での手違いのために、天使たちが今自分の脇にいるのだと思った。

「馬鹿」ジェイソンの妹のグレーテルは言った。彼が目を開いたので、安堵のあまり彼女自身が気を失いそうになった。グレーテルの顔は心配のあまり白くそそけ立っていた。長いあいだグレーテルにとって兄は見上げる存在だったが、最近では見下すほかなく目のまえの兄を見ると胸騒ぎがした。かつてはあれほど輝かしい未来のあったジェイソンが、急速に不満だらけで信頼のできない人間になってゆくことに、どうして誰も気づかないのだろう？ ジェイソンに僅かでも注意を向けてもらえれば有難く思うテリー・ロパッカは、彼にこびへつらい、彼の眼や手にキスをして、愛を誓っていた。グレーテルの母親と従妹のマーゴウは、救急車のなかで手荒く扱われたために、いとしいジェイソンの手足に痣ができたと思いこんで、病院を訴えようかなどと話し合っていた。最近のジェイソンの体重の激減にどうして気づかないのだろう？家のなかのよい銀器がだんだんと姿を消して、僅かな金額で売られ、ショッピング・センターの裏の質屋のケースに並べられていることがどうしてわからないのだろう？ 彼女たちの偏愛は彼の本当の姿を認めようとしなかった。今でさえ、ジェイソンの手首やくるぶしを優しく拘束具からはずしながら、彼女たちはあやすように彼に話しかけていた。今でさえ、彼女たちは彼のひき起こしたトラブルすべてを、ほかの人間たちのせいにしていた。ジェイソンはかけがえのない可愛い坊やなのだ。

その夜、グレーテルは裏庭に座って空を見つめた。南の空にペガサスが見え、どういうわけかそれを見て彼女は泣いた。グレーテルのまわりの子たちは就職したり、大学に行くためにここを離れた。グレーテルだけは留まって、医者に行く母親につき添い、洗濯物を畳んでいる。彼女はひとり閉じこもる性質で、信じられるものを見つけるのに必死だった。しかしこれまでのところ、どうにか信じられるものは不運だけだ。この晩、救いがたい人間を愛している者を包みこむ、黒い絶望から抜ける手立てが、彼女は思い浮かばなかった。清潔な白いシャツとだぶだぶのジーンズのジェイソンが、家から出てきて、グレーテルの横に座り、煙草に火をつけた。あらゆる害を自分に加えてきたにもかかわらず、ジェイソンは未だに信じられないほど美貌だった。女性たちは通りでしばしば足をとめて彼を眺め、彼が歩き去ったあと何時間も落ち着きをとり戻すことができなかった。彼が振り向いて自分を見たり、微笑みかけたりすれば、何週間も彼を夢に見た。彼は同じ血肉を分けたグレーテルの兄だったが、日ごとによそ者になっていった。常に危険を犯し、危険の度合いは増した。危険なもののまっただなかにつき進み、喧嘩、麻薬、機会があれば何にでも手を出した。勝ち目はないことが明白であっても、面白半分にやるのだった。

「自分を殺すつもり?」グレーテルは訊いた。

ジェイソンは煙をはき出した。彼もペガサスの四辺形を見つけたが、星座に心を留めなかった。生きる理由を考えようとするとき、自分の心を麻痺させることしか彼には出来なかった。

「馬鹿よ」グレーテルは兄に言った。彼が答えることを期待しなかったが、答えはわかっていた。

「そうかい?」ジェイソンは母親が何年もかけてチューリップを育てている花壇のなかに煙草を落として踏みつけた。チューリップはまだ一輪も咲かなかった。「光の速度は? お嬢さん」ジェイソンは尋ねた。「一四四の平方根は?」その変わりようにもかかわらず、彼の微笑は未だに美しかった。「馬鹿なのはどっちだい?」

「気をつけなきゃ、ほんとに死んでしまうわよ」グレーテルは言った。「そうしたらわたし、許さないから」

「グレーテル、死にたいと思ったら、ぼくはもう死んでいる」

このことばをそれぞれに考えたあと、グレーテルは兄の手をとった。高速道路でヘロインやメタンフェタミンを始終買った手、自分の母親のものを盗み出し、町の一番きれいな女の子たちを捉まえようとした手を摑むと、噛んだ。歯を食いこませた。ジェイソンは悲鳴をあげて立ちあがった。信じられないというように、妹が残した歯のあとに目を落とした。

「言うとおりだわね」グレーテルは言った。「まだ生きてるわね」

だがその夜遅くなってから、事態は逆転するところだった。森を抜ける暗い道をジェイソンが運転していた車が急旋回してコントロールがきかなくなったのだ。それはテリーの赤いトランザムで、彼女が卒業祝いにもらったものだったが、スピードを極限まで出すことに熱中していると、星たちの位置が変わったことに彼は気づいた。その理由はすぐにわかった。車は横転して溝にはまったのだ。テリーは悲鳴をあげていたが、ジェイソンは自分の胸の焼けつく感覚しか意識しなかった。まるで炎に包まれた生き物が彼のうえにまたがって、腕を押さえつけ、肺と心臓と背骨に火の杖を当てているようだった。

彼は予想外の力で戦った。ほかの人間なら降参しただろうが、森のなかに火花が散るような激しい力で、ジェイソンは火を吐く怪物を胸から押しのけた。彼とテリーが壊れた車から脱出したとき、道ぞいの丈の高い草は燃えており、ふたりは通りがかりの車に救助を求めようと、パークウェイまでの道を走り通した。

そのときジェイソンは肋骨を二本折っただけですんだが、彼の胸には手のようなかたちをした痣ができた。二、三日すると色がうすれて、普通の火傷のような、引きつった赤い跡になり、微かな痕跡しか残らなかった。にもかかわらず、彼はテリーと別れた。要するに彼女は疫病神なのだ。ジェイソンの考えでは女はたいてい疫病神だった。泣いたり、あれこれ要求したりして、うるさくつきまとう。彼は家で母親や妹や従姉といて、彼女らが話していることがまるでわからないことがあった。彼女らはまったく異なる言語を喋っていて、彼はその意味を憶測することも出来なければ、聞きたいとも思わなかった。

その秋、ジェイソンは外泊するようになった。はじめのうちはひと晩、やがて何日も連続して家に帰らなかった。彼は友人たちのところにころがりこみ、彼らが彼をもてあますようになると、知り合いのところに押しかけて泊まった。最後には高速道路の向こうの麻薬密売所のほかに行く場所がなくなったが、そこでは僅かな現金と破滅への意志をもつものは誰でも歓迎された。テリーと彼女の要求につきあうのがわずらわしくて、彼は仕事に行かなくなった。まるで昔と同じ少年であるかのように自分をじっと見る母親と、それ以上顔を合わせることができなかった。彼は、姿かたちも、どの点をとっても昔の彼ではなかった。自分が以前に信じていたもの、関心を向けていたものを彼はほとんど思い出さなかった。彼は忘却と天使たちを夢に見、きちんとした朝食さえ食べる気になれなかった。骨格から肉が削げおち、歯茎から出血するようになった。子どものころから彼を知っている人びとは今では彼を避け、金を借りるか、少しのつり銭をせびろうと彼が待ちうけている街角を足早に通りすぎた。金が必要にならないかぎり家に寄りつかず、寄るときはいつも暗くなってから来た。現金や宝石類を手に入れようと引き出しをかき回しているところを誰にもつかまらずにすむからだった。

一一月の曇った夜、自分が来ることがわかっていたかのように、キッチンのドア近くに陣取っていたグレーテルと鉢合わせした。彼はあまりに憔悴していたので、真夜中に流しの上の窓から入って、こそこそと動きまわっているところを発見されても、きまりの悪さを感じるゆとりがなかった。玄関の鍵はとうに失くしていた。気温がさがって芝生には霜がおりていたが、ジェイソンはジーンズと黒いTシャツしか着ておらず、がたがたと震えていた。すぐ手に出来る五〇ドルと引き換えに、革のコートは売ったのだった。だが実際には、彼は道路に氷が張りはじめていることも、自分の手のひらがすでに青くなっていることも気づいていなかった。

その晩、ジェイソンはグレーテルを説得していくらかの現金を渡させた。ドラッグはやめるよ、と彼は言った。生活を立て直しているところなんだ。しかし妹がひとことも信じていないことは明らかだった。グレーテルは、彼のシャツの下にある胸のかすかな火傷の跡を見とおすようなまなざしで彼をじっと見た。どうして自分をそんなふうにしてしまうの。彼女は訊きたかったが、黙って唇を噛んだ。自分の不幸について口を閉ざすジェイソンには取りつく島がなかった。ずっとそうだった。

グレーテルは正面のポーチで彼を見送った。二度と会うことはないだろう、もし会えたとしても彼だとわからないだろう。彼はもう別次元の世界の存在で、日常の生活を送っている人間たち――仕事と睡眠、ミルクとバター、義務と心労という普通の世界にいる人間たち――の目には見えない存在で、彼女は兄の横を通り抜けても気づかないだろう。気温は氷点下に近く、月をとりまく輪は、明け方雪になることを告げていた。グレーテルは兄に自分の革のジャケットを渡そうかと思ったが、そうしたところで数時間以内にそれは金に換えられてしまうのだ。

「気をつけないと、大変なことになるわよ」グレーテルはジェイソンに言った。

「ぼくはならない」ジェイソンは言った。「きみは本当に心配性だね、グレーテル」妹を抱きしめようと体を寄せたとき、彼はひどく奇妙な感覚に襲われた。まるで自分が体を脱け出して、妹を抱きしめる自分を見ているような。「ぼくは大丈夫さ。見ててごらん」彼は宣言した。

だがひとたび家から出ると彼の姿は瞬く間に消えた。といってもグレーテルが驚いたわけではない。破壊を切望し、ポケットに二、三ドルをもつ人間は実にすばやく夜の闇のなかに消えるのだ。ジェイソンは自分の車をもつ金がなく、常識のある人間は誰も彼に車を貸さなかったので、すでに降りはじめた雪のなかを、麻薬を買うために三マイル歩いた。途中彼は誰かにあとをつけられている気がしたが、振り返っても道路は無人だった。胸のあの印が焼けつくようだったが、彼は歩いていった。高速道路に近づくにつれて、何日も着替えていない彼のシャツが突然焼け焦げたように黒ずみ、それから予告もなくそれが発火した。皆がベッドに入って寝静まっている家々のまえの歩道で、ジェイソンはシャツを体から引きちぎった。それはアスファルトのうえで燃えつき、熱い灰だけが残った。煮えたぎり、同時に震えながら、ジェイソンは本物の恐怖を感じた。明らかに暗い無人の道路の、彼の目のまえに警告が投げ落とされたのだ。それでもジェイソンは、空の西の端に移動したペガサスを見あげた。

「負けるもんか」彼は言った。

ジェイソンのことばは凍てついた夜の空に吸いこまれ、寒気に呑み込まれて消えた。半ば裸で歩きつづけ消耗しつくした彼は、目的の家に着くと崩れるように倒れた。その地下のアパートでは、ヘロインから清潔なシャツにいたるまで何でも買えると彼は聞いていた。金が続くかぎり、泊まれる場所だった。

そのアパートは彼にうってつけの場所だった。自分に向かって生活や行動を指図する者はそこにはいない。だが麻薬を吸うと火の怪物がふたたび現われて彼をさいなんだ。何度も彼はこの地下のアパートに戻るために、マットレスがまばらに敷かれ、誰も将来の話はしないこの場所に戻るために、その怪物と格闘した。やがてその怪物は、彼が酒も麻薬もやっていない一日の早い時間にも出現するようになった。

あいつを見たかい？　彼はあたりにいる人間をつかまえては訊いた。頭のおかしい人間が、通りがかった屑屋に相槌を打ってもらおうとするかのように。そのアパートの他の居住者たちは蔑むように、さらには憐れみの目で彼を見た。おれのまつげや髪が火花で焼かれていることが、誰にもわからないのか？　靴を脱ぐと、しばしば内側にリンがついていてかすかに黄色く光っていた。まわりの空気は耐えられないほど熱かった。皆これを感じないのだろうか？　これがわからないほどへたばっているのだろうか？　まじで答えてよ、彼は誰かれなく声の届く近さにいる人間に訊いた。あれを感じなかったかい？

ああ、感じるとも。訊かれた人間は彼をなだめようとして、または彼にかかわるまいとして言った。

本当のところ、ジェイソンはほかの人間たちが何と思おうとかまわなかった。彼にはわかっていた。何かが自分を待ちうけている。夜窓から空を見あげると、このじめじめした地下のアパートからでさえ、星たちのなかに自分の運命が読みとれた。それでもなお彼は戦った。誰かが背後から忍びよれば、純粋な本能から殴りかかるだろう。彼は勇気も休息にも恵まれない人間の追いつめられた顔をしていた。窓という窓、ドアというドアには必ず鍵をかけた。眠るとあの怪物が夢に出てきて、途方もない光をまとい彼の胸の上に座る。それで眠るのをやめた。ときおりまどろんで目覚めると、彼の皮膚には薄くすすが積もっていた。

天候はさらに寒さを増し、ジェイソンはひどく咳をするようになった。それにもかかわらず、彼が借りたりせびったりして手にした多額の金が底を尽くと、彼はアパートから追い出された。何インチもの厚さの氷が道路に張り、容赦ない灰色の雲が空に広がったすさまじい夜だった。だがジェイソンは気にしなかった。アパートの所有者からくすねたヘロインをもっており、その夜の分は十分にあった。彼はパークウェイに出て、それから木々が森のように続いている地点に向かって歩きつづけた。そこに行けば人目を避けることができる。だがその目的地は遠く、彼は疲れきって歩道橋のしたでしばらく休んだ。高校のころ友だちと一緒になってあざけったホームレスの人間のように、彼はそこで麻薬を吸った。自分が独りで絶望的な状況にあることはわかっていたが、かまわなかった。世界は麻薬を吸うというひとつの行為のなかに後退し、あらゆる悲惨と欲望の底に沈んだ。

ジェイソンはトンネルの壁に頭をもたせかけて横になった。体がひどく震えて、頭はコンクリートの壁にガクガクとぶつかり、唇を噛み切った。手足の指はしびれ、氷と石しか食べなかったかのように胃が痛んだ。彼は戦おうと、自分のあとをつけてきたものが現われるのを待った。だが今回、怪物が襲いかかると、ジェイソンはその暖かさが嬉しかった。今までの寒さがあまりにひどかったので、これほどの熱に出会うのは救いだった。彼の肘もくるぶしも炎に包まれ、それは氷も肉も骨も血も何であろうと溶かす熱さだった。炎と灰にまみれながらも、彼は敵を抱擁した。抱擁した瞬間に、彼はその敵が自分と同じ容貌であることを発見した。同じブルーの眼をしてそっくり同じ微笑を浮かべていた。両目は閉じていたが、それでも星座が見えていた。想像したこともないほど遠いところまで見通せた。自分のいる場所はない、と彼はずっと思ってきた。だが今、シェーカーから落ちる塩のように、空の星たちのように、永遠が自分をすっぽりと包むのを彼は感じた。

証拠

空の澄んだ日暮れで、嵐のきざしの雲も雷も雨の気配もなかった。だがマーゴウ・モリナーロがキッチンの窓から外を見たとき、ビリアード・ボールほどの大きさの光る物体が裏庭の金属のフェンスぞいに動き、はずみをつけながら次第に速度をあげて、四方に火花を散らした。マーゴウが窓から離れる間もなく、その招かれざる物体は家のなかに飛びこみ、硫黄のような匂いを放ち、流しのうえの時計の針を止めた。うちじゅうの電磁場が狂い、壁の奥で配線がはじけヒューズは全部飛んだ。

素足のまま唖然として見守るマーゴウのまえで、光るボールは床上わずか二、三インチのところを移動した。ゆっくりと、探るように、まるで探すものが見つからないかのように。光るものはしだいにマーゴウの素足に近づいてきた。焼き殺されるのかと彼女は目を閉じた。だが輝くボールは彼女をよけて通り、スピードを増すとヒューーッという音を立てて冷蔵庫にぶつかった。光は、鍋のなかで米を炊きすぎたときのように、パチパチとはじけてしぼみ、ビニールのタイルをはった床に落ち、青黒いあととなって溶けたタールのようにジュージューと音を立てた。

発光体によるこの奇妙な現象は、翌朝すべての地方紙に、蒼ざめ当惑したマーゴウの写真入りで報道されたが、小規模のハリケーンと同じほどの被害をもたらしていた。マーゴウは家をきれいに片づける人間ではなかったが、あまりの惨状をまえに彼女は暗闇のなかで腰をおろして泣くしかなかった。電気はとまっていた。ようやく気を取りなおして、壜の水で顔を洗うと——電磁波は水道管も襲い、蛇口からは赤茶けた水しか出なかったので——マーゴウは蠟燭をつけて、今なすべきことのリストを作った。

キッチンの壁の焼け焦げたあとを塗り直す。

電気屋を頼む。

配管工を頼む。

原因をつきとめる。このブロックの他の家には異常がなく、近隣の人びとは毎日同じ時間に歌うツグミの声を聞きながら普段と変わらぬ夕暮れどきを過ごしていたのに、なぜわたしにだけ、こんなことが起こったのか。

翌朝マーゴウは金物店に行き、キッチンの修理のために黄色いペンキ一ガロンと、接着タイルを一箱買い、それから入口のそばの伝言板で、自分の経済状態に見合った半ばしろうとの便利屋を探した。彼の雑な溶接や、もっと雑な配線は近隣で知られていたが、たぶんジョニー・リケッツを雇うしかないだろう。だがジョニーのカードを掲示板から取ったとき、その金物店の主人のマイク・サットンが近づいてきた。ご多分にもれず、彼も光る球体の話を知っていて、その被害を見たがっていた。彼はマーゴウの手からジョニーのカードを取るとそれをふたつに破いた。

「あんないい加減な奴はやめて、ぼくを雇いなさい」彼は言った。

翌朝七時にマイクがやってきたとき、マーゴウは裏庭でコーヒーのためのお湯をバーベキュー用のグリルで沸かしていた。電気ストーヴは調子が悪くなっていた。家のなかの惨憺たる有様にマイクは心底驚いていた。マーゴウがすすめたサンカを飲み、それから壁の黒い跡を調べた。「異常に強い電流の仕業だね。きっとラジオも動かなくなっている」

「全部駄目になったわ」マーゴウは言った。「これを見て」

彼女は従姉のフラニーから借りていた敷物の縁を持ち上げて、ビニールのタイルのそこいらじゅうについたタールのようなものを見せた。

マイクは膝をついて床を調べた。「磁気嵐だったようだね」父親の金物店を継いでいたが、彼は科学、なかでも星に関心があった。夏の夜、店の屋根に出て望遠鏡を覗いている姿が見られたが、あまりに没頭しているので、誰かが手を振ったり呼びかけても気づかないのだった。

次の二、三日、マーゴウはキッチンの床のビニールをはがしたり、ペンキを塗ったりした。それが終わるころにはマイクが配線と流しの修理を終えていた。一見したときよりも修理はずっと簡単だったよ、と彼はマーゴウを安心させ、請求書は郵送すると言った。彼はラジオと冷蔵庫もいじってくれたにちがいない。ストーヴ同様、それらはもとどおりに動いていた。週の後半はマーゴウは自分の運命を呪いながら、キッチンに新しいビニールタイルを敷いた。午後には従姉のフラニーが来て、マーゴウの相手をした。フラニーは寝ていなければいけないはずだったが、タイルの裏の紙をはがして、注意深くマーゴウに手渡した。フラニーはこれ以上はないというひどい目にあっていたので、マーゴウはその次に不運ではあったが、フラニーのまえで嘆くことはできなかった。

「それで全部でいくらかかった？」フラニーが尋ねた。実際床が完成するとキッチンは光る球体の襲撃を受けるまえよりもずっとよくなった。

「わからないのよ。まだ請求書が来ないもの」マーゴウはふたりのグラスにアイスティーを注いだ。フラニーが煙草を取り出しても、マーゴウはなにも言わなかった。フラニーの癌が末期であることをふたりとも知っていた。フラニーのこれまでの不幸を思えば、彼女は残された時間を楽しむ権利があるはずだった。

　フラニーは煙草の煙をはいて、思いをめぐらせた。「マイク・サットンはこれだけの仕事をして、請求書をよこさないの？」

　マーゴウの目に狂いがなければ、意外にもフラニーは微笑していた。

「心配しないでも送ってくるわよ」

　だが請求書が来るまえに、マーゴウは彼を呼び戻さねばならなかった。いつもと変わりない或る火曜日に目を覚ますと、今度は裏庭が奇妙な、細い糸の網で覆われていた。裏庭へのドアを開くと、そのふわふわしたものは何千というクモの巣でできていて、ひとつひとつの巣は小さな茶色のクモのための、一種のパラシュートだった。マイクはその日の午後に来て、芝生と灌木の茂み全体に電気ホースで薬剤を散布し、クモの巣を洗い流したが、クモは無害だと強調した。

「異常発生だね。マメコガネ（農作物に害を与える）でなくてよかった」

　マーゴウは裏口で、柳の木の低い枝のあたりに漂う最後のクモの巣を、マイクが集めるのを見守った。快晴の日だったが、マーゴウは脚がぞくぞくした。マイクがトラックに荷を積み始めると、彼女はそのあとについて道路に出てきた。

「こういうこと、他の家でもあったの？」

「いいや。この近辺ではこういうことはないね。でもいいこともある。この夏ここには蚊が一匹も出ないよ」

「請求書はまだ？」翌週、フラニーは訊いた。マーゴウは庭仕事をしていて、フラニーは長椅子に横になっていた。常になく暑い日だったがフラニーはウールの毛布にくるまり、帽子をかぶって手袋をはめ、雲が流れて太陽を隠すたびに身震いをした。

「心配しないでも、来るわよ」マーゴウは従姉を安心させた。

マーゴウは袖なしの白いシャツを着て古い短パンをはいていた。手足にはあちこちに泥がついていた。彼女はいまだに素顔でもきれいだったが、それが何の役に立つというのか。以前は容姿を気にかけ、期待でわくわくしたものだったが、今では心配のかたまりだった。すでに多年生植物の花壇に一〇匹近い茶色のクモが見つかったし、土は妙な感触がした。彼女は泥を払うと、長椅子の端に座り、自分の膝にフラニーの脚を乗せた。「きっとこの家には呪いがかかっている。きっとここは昔墓地だったんだわ」

「じゃがいも農場でした」フラニーは言った。

「さあね」マーゴウはため息をついた。「二度あることは三度あるというものね」

「光るものと昆虫と。次は何が起こる?」

ふたりは顔を見合わせて考えた。「洪水ね」ということで意見が一致した。

運命に逆らう方法を試そうと、マーゴウは地階に下りて水圧を止めた。冷蔵庫のなかの製氷皿を空にし、電話をかけていつもの飲料水の配達をキャンセルした。それにもかかわらず、或る晩彼女は胃の底に奇妙な感じがして目覚めた。まるで石が家の窓や壁に投げつけられているかのように、頭上でカチカチという音がしていた。襲撃を受けたかのように、心臓が激しく動悸を打ちはじめた。暖かな春の夜でコオロギが鳴いていた。マーゴウは寝室の窓から外を覗いた。近隣は穏やかで暗闇に沈んでいたが、彼女の芝生と入口までの道は不思議な明るさと輝きに包まれていた。さらに注意して見ると、地面は卵大の雹で覆われていた。雹は屋根を突きぬけて、屋根裏部屋で山になっていたが、朝までには溶けて天井から洩れ、床に何インチも水が溜まった。

マイクが来たとき、マーゴウは居間の床にモップをかけていた。誰にも嘘つきだと言われないように、彼女は雹をひとつ、きっちりとラップに包んで冷蔵庫に保存しておいた。その雹は四オンスの重さで、芯がダークブルーだった。マイクはそれをじっくりと眺めたが、そのときマーゴウは一歩うしろにしりぞいた。あたかも雹がまだ降りつづけているように、彼女の胸がカタカタと音をたてていたのだ。

「この家の真上に大気の騒乱があったに違いないよ。小さな場だがはっきりとそこに集中したんだ」マイクは言った。

マイクが屋根にあがって修理を始めると、マーゴウは作ってあったスプリットピー（皮をむいて干して割ったサヤエンドウ）のスープをもって角を曲がってフラニーの家に行った。この二、三日、マーゴウはそうやって夕食を運んでいたが、今日は従妹のグレーテルが横の入口で彼女を出迎えた。

「どうしてこんなことをするの？」グレーテルは言った。「お母さんはもう何も食べられないのに」

この一年間グレーテルは母親の看病に明け暮れていたが、最近夜間の補助のために看護婦が雇われていた。それでもグレーテルは煙草を吸うか、泣くために外に出るとき以外は、母親につきっきりだった。光る球体にも雹にも関心がなく、ましてスープはどうでもよかった。だがマーゴウはともかくグレーテルにキスをして、スープをもってなかに入った。自分とフラニーのために一皿ずつスープを入れ、それから暗い病室にトレイを運んだ。

「そのままにして」看護婦が手伝おうとロッキングチェアから身を起こしたので、マーゴウは言った。「ひとりでできるから。なにか食べたらいかが？」

看護婦のほかは誰もスープを食べようとしなかったが、それはどうでもいいことだった。ときどき合理的な説明ができないことが起き、人にできるのはせいぜい記録し記憶することだけである。

「洪水は起きた？」マーゴウがベッドの自分のわきに横たわると、フラニーは訊いた。

マーゴウは布団のしたにもぐりこんで、フラニーの手を摑んだ。「雹が降った。屋根を突き抜けて落ちて、それから溶けたわ」

フラニーは笑った。「手のこんだいたずらね」裏庭で見つけた一枚の葉のように、フラニーの笑いは優しく薄かった。「うまいいたずらだわ」

「何を考えてるの？」マーゴウは言った。彼女は泣いていたが、フラニーには見えないように顔をそむけた。

「わたしの考えていること、わかるでしょ」フラニーは言った。「起こったことを全部足せばつじつまが合う」

フラニーが寝入るまでふたりは手を握っていた。マーゴウが家に戻るころには、日はもう暮れかかっていた。薄闇がカーテンか夢のようにアスファルトに降り、それから生垣や芝生に流れていった。それでも角を曲がったとき、屋根の上にいるマイクの姿を見分けることができた。そしてどれほど考えても、家に向かって走り出さずにいる理由を、マーゴウは思いつくことができなかった。

献身

その年の七月はすばらしく、人びとは怠けて仕事に行かなくなった。彼らは裏庭に出て、高温と真っ青な空を賛嘆した。ヒマワリとタチアオイの花を見て涙を流した。もっとも強欲で、自己中心の人でさえ、生きていることの幸せを感じ、足をとめて夕暮れどきのポプラの輝きを眺め、小さい子どもたちの子守歌のようなコオロギの鳴き声を楽しんだ。夕食はピクニックのテーブルに並べて食べ、レモネードのコップや穂軸についた新鮮なトウモロコシをうっとりとして回した。日光とミツバチの羽音にくらくらしながら、正面の芝生で昼寝をした。

しかしこの七月を、自分の家の裏庭ではなく、ガラスの壁の奥で過ごしている人びともいた。だが病院の窓という美しい景色が見渡せる場所からでさえ、フランシス・サミュエルソンは雲が羊に似ており、バラたちは格別に生育に適した季節を終えたのを見てとることができた。三年前に医者は彼女に身辺整理をしておくようにと言い、余命は半年と告げていた。彼女は乳房と髪を失い、夫と息子を失っていた。にもかかわらず、この時点までは医者の見立て違いであることを彼女は証明してきた。今、彼女の癌専門医のジャック・ラーナーは先は長くないだろ

う と考えていた。癌は背骨や脳に拡がり、背中は痛みにしめつけられて彼女は壊れはじめていた。しかし自分が人生の終わりに近づいていることがフラニーにわかるのは、世界とのつながりが変化したからだった。ものはかつてのように、はっきりとした輪郭をもたず、個別の存在ではなくなっていた。リンゴはキスのように美しく、娘の顔は月と溶けあっていた。現在をつき抜けて幾層にもなった過去が見えることもあった。キッチンの流しからもってきた冷たい水をコップから飲み、同時に乳母車に揺られている赤ん坊になっていた。苦痛のあまり叫びをあげているときに、ウェディング・ドレスを選んでいる娘であったり、最初の一歩を歩いた子どもの母親だったりした。

フラニーは限度まで自宅にいた。だが体力がなくなり、優しい娘のグレーテルが自分と同じ運命を辿るのではないか、愛する従妹のマーゴウが自分のベッドの脇の床で寝る日がこの先も続くのかと気づかう気力も失せたとき、ラーナー医師は入院を勧め、フラニーは同意した。彼女はいつも細かいことに気配りをする女性で、家を留守にするときは必ず新聞配達のために項目別に書いたメモを残した。今では自分の歯ブラシやナイトガウンをまとめることすらしなかった。自身は車椅子で運んでもらい、目を閉じて休んでいられることに満足していた。自分でトイレに行ったり、まとまった文章をしゃべることすらできなくなっていた。だが長い年月他の人びとの面倒を見てきた彼女にとって、それを全部放棄するのは無理だった。自分のコントロールのきかない領域のなかへと漂い、すすり泣きも微笑も区別がつかなくなるのは、なんと奇妙な感じだろう。彼女はこれまで薬を信用したことがなく、アスピリン一錠さえめったに飲まなかった。だが今では自分の隣のベッドに横たわる女性と同じように、モルヒネの点滴に繋がれていた。しかしそれはささやかな幸運だった。少なくともふたりは同じ状態に置かれているのだから。

「この部屋にもうひとり病人がいると思っているみたいです」マーゴウが医者にそう言っているのが聞こえた。明らかにマーゴウは、冷静なフラニーが幻覚を見るようになったと思いこんでいるのだ。

「見たいものを見させてあげましょう」ラーナーは答えた。ラーナーは、悪い知らせを伝えねばならないときは患者の手を握り、運転して帰宅する車のなかで泣くような医者だった。これまでの年月を経ても、天の力が自分の味方なのか敵なのか、彼はいまだに確信がもてなかった。だが奇跡も苦痛もいやというほど見てきた彼は、どんなことも可能なのだと思うようになっていた。

フラニーの隣のベッドの患者は美しかった。ほとんど身動きをせず、部屋に見舞い客や看護婦がいないときだけ口をきいた。髪の毛はなく目は曇っていた。バラと草の香りを放っていた。息を吸って、深夜、その患者はフラニーに囁きかけた。病院の駐車場の照明が窓から洩れ、まるで何千というホタルがガラスに貼りついているかのように、すべてのものが光って見えた。息を吐いて、彼女はフラニーに言った。

グレーテルとマーゴウは替わりあって病院に泊まった。影の位置が変わるようにカーテンを開け、花瓶に入れる花をもってきた。ふたりが自分を深く愛していることをフラニーは感じ取ることができた。その愛はテーブルや椅子のように触ることができ、包帯やひと切れのパイのように現実味があった。しかしその愛情に応えたとしても、フラニーは同時にふたりの悲しみを感じた。そしてそれは自分を愛してくれる者たちだけでなく、自分自身の苦痛にフラニーを縛りつけた。フラニーが切望したのは、自分と隣のベッドの患者だけになれる時間だった。

あなたのもっているものをみてごらんなさい、その患者はよくフラニーに言った。確かにフラニーには窓の向こうではなく、自分の手のひらのなかにある星たちが見えた。

苦痛の程度にあわせてモルヒネのレベルがあがると、フラニーは美しい七月の或る日の、少女だった自分の姿を夢に見るようになった。新鮮な草の匂いは甘く、キャベツより大きなバラが咲いていた。すべてのものが自分のまえに広げられていて、世界は先へ先へと伸びていた。

ときには夢のなかでマーゴウと一緒だった。少女時代にいつも一緒だったように。ふたりはフリックとフラック（二〇世紀中葉、アメリカで活躍したスイスのアイス・スケーターのコンビ）のようだと言われ、分かちがたい仲良しだった。次々に丘を駆けおりながら、痙攣を起こすほど笑って、はあはあと息をついた。マーゴウのほうがいつも速かったが、いつもフラニーが追いつくのを待っていた。

「先に行って」フラニーはマーゴウに言った。目を開くとそこにマーゴウはいて、自分の脇の固い背の椅子に座って泣いていた。「あたしを待たなくてもいいのよ」フラニーの声が遠いのでマーゴウは耳を寄せたが、それでも聞きとりにくかった。「先に行って。悪いと思わないで」

今ではフラニーは視力を失い、見えるのは影だけだった。会話は切れ切れに聞こえたが、いくつかのことばを聞きわけることができなかった。ダーリン、薄闇、灰、梨、そういうことばがひとつに溶け合い、一筋の光となった。この世界にあるものは彼女から離れてゆき、自分の疲れた血管に注射の針が入るのを感じることはできなかったが、何百マイルも離れたところで鳩がクークーと鳴く声は彼女のなかでこだましていた。ラーナー医師がときどき部屋に来て、自分が眠っているものと思って泣いていることをフラニーは知っていた。グレーテルが何時間も自分のベッドの脇に座って、家に帰ろうともせず自分の呼吸を見守っていることを彼女は知っていた。あたかも純粋な意志と献身が母親を生かしておけるというかのように。

だが実際にはフラニーはもはや、つき添いの誰かがいつ出ていこうが気にとめていなかった。看護婦たちが廊下を通ってその日のカルテを記入しに行き、マーゴウやグレーテルがブラック・コーヒーをがぶがぶ飲むためにカフェテリアに行くと、病室はまるで雲がふわふわと窓から入ってくるように軽くなった。隣の患者のベッドはぐっと寄せられていて、ふたりは互いの手を取り、手のひらや指先をぴたりとつけあっていた。絡ませあうとふたりの手は同じように美しく透きとおっていた。

フラニーは幸福な気持ちで相手の曇った目を凝視した。バラの香りが嬉しかった。すさまじい苦痛のさなかで、彼女は自分が感謝すべきものすべてを思い出した。だがそれらはときにさらに力をふりしぼって生にしがみつかせようとした。彼女の指は離すまいとして痛んだ。呼吸はがたがたと揺れ、緊張のあまり肋骨を折らんばかりだった。

手を離すだけでいいの、隣のベッドの女性がフラニーに言った。

自分たちの目のまえに湖があって、小さな魚たちが浅瀬を泳いでいた。湖の向こうに公園があって、生垣を縫って迷路がつけられていた。フラニーは茨を恐れたが、それでも近づいていった。もうひとりの女性はもうそこにいて、いつもそうであるようにひるむことなく、手をさしのべていた。だがよく見ると血の出るような茨はなく、そこにあるのは緑の葉と、以前娘のグレーテルが家の横に植えた赤いバラだった。女たちが泣くのが聞こえたが、その声は風の音と一体だったので、彼女はさらに進んだ。すると生垣に肉眼では見えないほどの扉があった。フラニーは自分の傍らの美しい女性のほうに向きなおった。病室の時計のチクタクと鳴る音と、深い水のように緩やかな自分の心臓の鼓動が聞こえた。この地点まで来た人間は誰も躊躇したり振り向いて後ろを見る必要はない。彼女はそれでいいのだとずっと思っていたので、扉を通りぬけた。

生きてゆく者たち

フォート・ローダーデイル空港の到着ゲートで待っている人びとのうち、マーゴウ・モリナーロ・サットンは白髪でないただひとりの人間だった。彼女は娘のように愛している従妹のグレーテルを出迎えにきていた。たしかにふたりの年齢は一五しか違わなかったが、それだけの開きは一世代の差といえた。グレーテルの母親がいなくなった今、マーゴウは従妹の面倒を見る役目を引き受けていた。とくに休暇のあいだは。とはいえ、休暇であろうとなかろうと、グレーテルがしんから楽しむことはない。南フロリダの気温は九二度だったが、飛行機から降り立った彼女は母親の葬儀のときに着た同じ黒のウールの服を着ていた。

「冗談じゃないわよ」グレーテルを抱擁してからマーゴウは言った。「この気候なのに、ウールなの？」

彼女はグレーテルの一泊旅行用のスーツケースを摑んだが、グレーテルはさっと取り戻した。

「わたしがもつ」グレーテルは言いはった。

マーゴウが相手のときは、そんなふうにしなければならない。さもないとマーゴウのいいようにされてしまう。マーゴウの善意は有難迷惑だった。少しでも警戒を緩めれば、ドドーッと彼女は相手の人生を仕切り直してしまう。有難いことに、グレーテルの人生は自分の希望どおりに進行していた。ニューヨーク大学の一年目を終えたところで、サマー・スクールが始まるまえに、マーゴウに会いに来たのだった。グレーテルはいつもせかせかとものごとを終えようとしていた。フォート・ローダーデイルに着くや、彼女は踵を返して大学に戻る態勢になっていた。

「暑い」ターミナルを出て熱気をもろに顔に受けると、グレーテルは言った。きつい黒のウールの服が縮んで体にまとわるように感じた。

「フロリダだもの」マーゴウは言った。「どこだと思っていたの？　イグルー（氷や雪で作ったイヌイットの冬の家）だとでも？　まさかパンストをはいてるんじゃないでしょうね？　頭、大丈夫？　短パンって知ってる？」

グレーテルは笑って、マーゴウの車に乗りこんだ。マーゴウは最初の夫のフォード・マスタングに乗っていたが、それがエンジンの末期的発作のために死んだあと、新しい夫マイク・サットンに彼女の夢の車、コルベットを買ってもらっていた。彼は南フロリダのあちこちに金物のチェーン店を展開していた。

「驚いた」グレーテルは言った。「ほんとうにやったのね」

「やったって何を？　目をつぶったままお金を儲けられる男と結婚した、っていうこと？　何という大事業！」マーゴウはシフォンのスカーフが入れてあるグラヴコンパートメントをポンと開いた。「一枚取って。必要だから」

「白状なさいよ」とグレーテル。「幸福を摑んだんでしょ」

ふたりの車は1Aぞいに景色のよい道を走った。海は薄いグリーンだったり、トルコ石のブルーだったりした。ペリカンが水のうえを滑るように飛んでいた。家々は白とピンクと赤に塗ってあった。なぜグレーテルの目には、自分が欲しかったもののすべてを手にいれたように見えるのか、マーゴウはわかった。彼女はサングラスをかけた。熱波がアスファルトから立ちのぼり、空気はオレンジの花のような匂いがした。

この時期、フロリダの暑さはすさまじく、焼け焦げて飛べなくなった蚊たちが音を立てて車のフロントガラスに落ちてきた。グレーテルはすぐにストッキングを脱いだ。彼女の脚は氷柱のように白かった。

「やれやれ、まずあなたを日焼けさせなきゃ」

ふたりともグレーテルの母親フランシスがいれば、と切なかったが、口にはしなかった。癌や死別の悲しみや、死後の世界があるか、というようなことを話すかわりに、ふたりはデルレイ・ビーチの、マーゴウが好きなジャンクショップに行って、グレーテル用のビーチサンダル、目の回りを包むサングラス、日焼けローション、麦わらで編んだバッグ、水着を買った。

コルベットに戻ると、グレーテルはショッピング・バッグのなかをかき回した。「これは何？」

グレーテルは黒のタンク・スーツを選んだのに、どうしたわけかピンクのビキニが買ったもののなかに入っていた。

「怒らないで」マーゴウは言った。

「これは着ない」グレーテルはビキニをバッグに戻した。それでもそのピンクがごく淡いつるバラとそっくり同じ色合いであると思わないわけにはいかなかった。人気のない海辺の貝殻の色、キスしたい誰かの唇のような色だ。

その晩の夕食は戸外のプールのそばに用意された。ふたりは冷やした白ワインのグラスをもって大きな椅子に体を沈め、マイクがバーベキュー料理をした。彼はオヒョウと赤パプリカと海老に串を打っていた。海老は彼が発明した赤ワインとタラゴンのマリネに漬けてあった。

「わたしが何もかも手に入れたなんて言わないでちょうだい」マーゴウは言った。

「わかった。言わない」グレーテルは目を閉じて、フェンスぞいに生えているジャスミンの匂いを吸いこんだ。

「でもそのうち手に入れるかも」マーゴウはグレーテルに言った。

グレーテルは片目を開けて笑った。いつもグレーテルと母親のためにアイディアを出してきたマーゴウらしい言い方だった。グレーテルの母親と一緒にケイタリングの仕事をやることを決めたのもマーゴウで、数年間そのおかげでなんとか暮らせた。マイクにはこれからはひとつの店でなくチェーン店の時代だと説いたのだったが、その結果彼は大成功をおさめた。マーゴウが何か心に決めたときは見ているがいい。彼女がじっとしていることはないのだから。

マーゴウとグレーテルは朝、マイクが仕事に行くとすぐに出かけた。

「早く帰ってね」彼にキスをしながらマーゴウはマイクに囁いたが、そのときはもう手にコルベットの鍵を握っていた。「ほんとにいい人よ」高速道路を北に向かいながらマーゴウは言った。

グレーテルはまだ黒いウールの服を着ていたが、天候に敬意を表して、はさみで襟ぐりを広く切り取っていた。昨日買った黄色のビーチサンダルをつっかけ、自分の黒い靴はマーゴウの家の客用寝室のベッドの下に置いてきた。髪はマーゴウのスカーフで巻いてあった。泡のような真っ青なスカーフで、まさにフロリダの空の色だった。グレーテルは遮光板をおろし、シフォンのスカーフとサングラスをつけた自分の姿を見て微笑んだ。

「お隣のドーラからその女の人のことを聞いたとき、あなたが来たら一緒に行こうと思ったの」マーゴウは言った。

「そう」グレーテルは得意げに微笑んだ。「ひとりで行くのが怖かったってこと？」

「怖くはない」だが本当はマーゴウは神経が高ぶってひと晩じゅう眠れなかったのだ。

「いいわ。行きましょう。それがインチキだとわかればけりがつくもの」

問題の女性はグレーズのショッピング・モールのダンキン・ドーナツの横の店にいた。名前をナタリー・ルーフランスと言い、一五〇ドルでどんな悩みも癒すということだった。少なくとも隣人のドーラはそう言っていた。ドーラ自身そこを訪れるまえはイボだらけだったのだが、今ではすべすべしたきれいな皮膚になっていた。マーゴウの問題はイボよりもっと深刻なので、当然彼女は緊張気味だった。無理もなかった。

マーゴウは子どもを欲しがっていた。最初の結婚生活でも、独身だったときも、マイクと暮らす今も、あしかけ一六年以上ものあいだ、彼女は赤ん坊を切望していた。どの医者に行っても、妊娠は不可能で、それを望みつづけるのは愚かなことだ、と告げられた。彼女は不妊について書かれたあらゆる医学関係の資料を読み、専門家を訪ね、どれほど効果がなさそうであっても、どんな示唆にも従った。セックスの直後逆立ちをし、チョコレートとアスパラガスだけを食べ、次にはグレープフルーツと固ゆで卵のダイエットに切り替えた。セックスは月に一度、そのときは日に三回やった。だがどれも効き目がなかった。今彼女は駐車場で煮えたぎる炎暑のなか、フォトマット（写真用フィルム・DPEサービスをおこなうチェーン店）の横のスペースに車を入れていた。そこはさびれた商店街の一角で、アスファルトの裂け目から雑草がのび、大きなヤシの古木のまわりだけが日陰になっていた。空気は砂糖とドーナツと溶けたタールの匂いがした。

「すてきな場所ね」グレーテルは言った。「強盗に襲われるのにうってつけだわ」

だがマーゴウはよい予感がした。ふわふわした気分で、どういうわけか心配が消えていた。

「きっと効き目がある。わたしわかるの」彼女は強調した。

「まあ、そう信じるならね」グレーテルは言った。

「何かを信じちゃいけないと思うのね？」

マーゴウは口紅を取りだして唇に真紅の色を塗っていた。それからグレーテルのほうに向きなおると、あまりに無垢で、あまりに破れかぶれのその表情をまえに、グレーテルは思ったままを言うことができなかった。

「かまわないじゃない。もしショッピング・センターで癒しが見つけられると信じるのなら、そう信じなさいよ」

グレーテル自身は母親と兄の死以来、ほとんど何も信じていなかったが、誰が彼女を責められよう？　たぶん、彼女は人間のこうむる恣意的な残虐さ、つまり人間は運命の足によって無頓着に踏みつぶされる蟻のような存在だと信じているのだろう。

マーゴウとグレーテルが車をおりたとき、フォトマットで働いている若い男がふたり窓から身を乗り出してコルベットを見ているのに、ふたりは気づいた。

「車、ロックしなさいよ」グレーテルは言った。

「起こることは起こる」マーゴウは車が盗まれるかもしれないということよりも大きな問題に心を奪われていた。「それが人生よ」

「いいわ。あなたの車なんだから」グレーテルはシフォンのスカーフを髪からはずして首のまわりに巻いたが、そうすると自分で思っているより威勢のいい姿になった。「でもひとつ訊いていい？　ダンキン・ドーナツの隣に住んでいる人が本当の治癒力を備えていると、本気で信じているの？」

「家賃によるわね」マーゴウはドーラに勧められたように、ドアを三度ノックし、それからベルを二度鳴らした。長年にわたって子どもがほしいと思いつづけた結果、今では赤ん坊がほとんど生きて呼吸をしている存在になっていた。

「ひとつ教えて」グレーテルはフロリダのぎらぎらした光をものともせずサングラスをはずした。「その人、お母さんを治せたかしら?」

グレーテルの母親の癌は非常な勢いであっという間に転移したので、それはまるで宇宙の中心が発した暴力が瞬きする間もなく襲いかかり破壊したようだった。

「さあ、治せたかもしれない、治せなかったかもしれない」マーゴウは言った。

グレーテルの黒い服は皮膚に貼りついてちくちくしていた。グレーテルが飛行機から降りてきた瞬間に、その服は母親の葬儀で着たものだとマーゴウは気づいていたが、あえてそれを口にはしなかった。グレーテルは一年以上も始終その服を着ていた。手洗いをしていたが、それでも縮む一方だった。

「もしここに連れてきていたら、お母さんまだ生きているだろうって、あなたが言いたいのはそういうこと?」

もう何年ものあいだ、グレーテルは自分で髪をカットしていて、黒っぽい毛がよじれあってあちこちに突きだしていた。マーゴウの目にこの髪は世にも悲しいものに映った。彼女はグレーテルが生まれた日を覚えていた。フランシスも自分もすべての希望をこの子に託したのに、今グレーテルは髪をひどいかたちにカットして、何も信じない大人の女性になっていた。

「あなたのお母さんのために、わたしたちは出来るかぎりのことをしたわ」

「たぶんしなかったわ」グレーテルは言った。その声は本人にさえ、泣きだしそうに聞こえた。黒い服は背中にスズメバチの巣をはりつけたように感じられた。

黄色い花をつけた雑草が生えている歩道の縁にグレーテルは腰をおろした。鼻をぐすぐすいわせ、目に涙が溢れてきたが、彼女はとりつくろうとはしなかった。

マーゴウは従妹のそばに腰をおろして言った。「出来るかぎりのことをしたわ。本当よ」

店のフロントのブザーが鳴ったが、ふたりは気づかなかった。次にドアが開き、ショート・パンツに白いホールターー姿の女性が姿を見せた。

「入るの？　入らないの？」それは治療師のナタリー・ルーフランスだった。ドーラから聞いていたので、マーゴウはその人だとわかった。濃い髪をポニーテールにまとめ、銀のイヤリングをしていた。首のつけ根にクモの巣にひっかかったクモの、小さなブルーの刺青があった。

「どうしよう？」マーゴウはグレーテルに訊いた。「入る？」

マーゴウがこのまえ自分の助言を求めたのはいつのことだったか、グレーテルは思いだせなかった。「ここまで来たのよ」グレーテルは肩をすくめた。「いちかばちか、よ」

通りに面した部屋はエアコンが入っていて、冷蔵庫のなかのように寒かった。棚にはハーブの瓶が並び、テレビが音を消してつけてあった。一同はテーブルを囲んで腰かけ、生ぬるいジンジャーエールを飲んだ。

「悩みを抱えているようね」ナタリーがグレーテルに言った。

「わたしじゃないんです」と言いながら、グレーテルは思わずにやりと笑った。

「本当？　悩んでいるようだけれど」

「問題があるのはわたしです」マーゴウはテーブルを叩いた。「妊娠できないのです」

「わかりました。わたしの言うとおりになさい。今夜二度夫とセックスをすること。一度は月の光を浴びて、一度は暗闇のなかで」ナタリー・ルーフランスはテーブルに肘をつくと、一番近いところにいるのは駐車場のフォトマットの青年たちであるにもかかわらず、訊かれてはならないというように声をひそめた。「もちろんおわかりでしょうが、診断料金を頂かなくては」

グレーテルは鼻を鳴らした。「当然でしょ」

マーゴウは財布を探して持参した一五〇ドルを払おうとしたが、治療師はそれを押しとどめた。

「お金じゃなく、指輪にしてください」

マーゴウのダイヤは二カラット近くあり、黄をおびた白の珍しい石だった。

「おやまあ、まあ」グレーテルは今度は思い切り笑った。「あなたに指輪をあげるとでも？」

奇妙なことにそのときまでマーゴウの指にぴったりと合っていたその指輪が、急に重すぎると感じられた。突然マーゴウはその指輪をはずしたら、どれだけ楽になるだろうと思った。彼女は指輪を抜いた。

「頭おかしくなったんじゃない」グレーテルは言った。

治療師はすばやく指輪をポケットにしまった。「セックスの直前にこれを食べなさい」彼女はマーゴウの手を取って手のひらに大きなアボカドを置いた。次にハーブの包みを渡した。

「これを残らず混ぜ合わせて入れて」

マーゴウはうなずいた。目に涙さえ浮かべていたが、彼女の心からの願いに近づいたと感じているしるしだった。外に出ると、熱気は煉瓦の壁のようで、駐車場は溶けているようだった。フォトマットのふたりの青年がコルベットのなかに座っていたが、マーゴウとグレーテルが近づいてくるのを見ると、あわてておりた。

車に乗るとグレーテルはドアをロックし、窓を閉めた。「アボカド一個とマタタビ少しと引き換えにダイヤの指輪をあげるなんて」彼女は呆れていた。「なんという取引きなの！」

「結果を見なきゃね」車は大通りへと入っていったが、マーゴウは左右を見なくても安全だと感じていただろう。それほどの安心感が彼女のなかに生まれていた。運命が自分を導いてくれると彼女は確信していた。

「また馬鹿なことをしでかさないように、マイクとわたしであなたを閉じこめなきゃ」グレーテルはマーゴウに言った。

「閉じこめられるものならね」マーゴウは歯を見せて笑った。自分が澄んだ空気でできているように、ひどく軽くなった気がした。「簡単にはいかないわよ」

家までの道をずっと時速八〇マイルで飛ばし、一度だけ買い物のために車を止めた。寒くて暗いニューヨークに住みなれたグレーテルは日焼けどめを塗らなかったので、家に着くころには頬がピンク色になっていた。マーゴウが夕食を準備しマイクの帰りを待つあいだ、グレーテルは二階の客室に戻った。彼女は体をのばし、知らず知らずのうちに遅い午後の熱気のなかで眠りに落ちた。ひどく消耗していたので、朝まで寝とおしたかもしれなかったが、マーゴウとマイクの物音で目を覚ました。ふたりは廊下のずっと先の、ドアを閉めた寝室にいるのだが、それでも彼らの行為の音はグレーテルのところまで届いた。あたりかまわぬその物音に、近隣の猫たちが何匹も近くの道路の隅に集まってきて、一筋の月の光のなかでふたりに和してうめき声をあげていた。

グレーテルは黒の服を着ると、プライヴァシーを尊重してあげようと階下におりた。だがキッチンに入ってもマイクとマーゴウの愛の行為は聞こえた。パティオに出ると、マーゴウがマイクに食べさせたグアカモーレ（アボカドをつぶしてトマト、玉ねぎ、薬味を加えたメキシコ料理）の、ほとんど空になったボールが錬鉄のテーブルのうえに置いてあった。外に出てさえ、ふたりの声はまだ聞こえた。ついに彼女は月の光で緑色に見えるプールへと向かった。白い蛾たちが水の上すれすれに飛び、空には何千という星が光っていた。夜、ジャスミンの香りは甘く濃密で、コオロギなのかカエルなのかグレーテルはわからなかったが、何かが鳴いていた。

グレーテルはプールの浅いほうの縁に腰をおろして両足を水に浸した。まだ聞こえてくるところを見ると、マーゴウとマイクはこの暑い夜も、エアコンを使わず窓を開けはなっているに違いない。長いあいだ悲しみしか心になかったグレーテルは愛の音を聞いて驚嘆していた。なんと外国語のように響くことか。それに慣れていない耳には何と奇妙に聞こえることか。グレーテルは脚を前後に揺らしてさざ波の音だけを耳に入れようとしたが、愛の響きは延々と続いた。ウールの服は今では彼女に物狂おしくまとわりつき、絶対にどこかでノミを拾ったのだと思うほどだった。出来ることならその場で服を切りさきたかったが、そのかわりに彼女は自分でも思いがけぬ行為に出て、まっすぐにプールに飛びこんだ。

世界全体がじっとりと冷たくなり沈黙があたりを覆った。浮かびあがってプールの端から端へと泳ぐと、聞こえるのは水の音だけだった。これほど大量の水に包みこまれて、途方もない安堵が生まれ、やがて彼女の体は寒さではなく純粋な快感から震えはじめた。何千年も砂漠をさまよった末、渇きのために海全体を飲みほすことができるような、そんな感じがした。グレーテルは真夜中をかなり過ぎてから家に戻ったが、そのころには家は静まっていた。殺菌されたプールの水が、タイルの床や階段にぼたぼたと落ちた。服はひどく縮み、もはや腿の下までは届かなかった。ぴったりと体にはりついたその服を、グレーテルは薬箱のなかにあったマニキュア用の鋏で切った。

翌朝マーゴウがコーヒーを淹れに階下におりると、グレーテルはもうプールに出ていた。

「どうだった?」キッチンの物音を聞きつけてグレーテルが呼びかけた。彼女は要らないと言ったあのピンクのビキニを着ていた。

「最高」マーゴウは答えた。

生まれる子が女ならフランチェスカ、男ならフランキーという名前にしようと、マーゴウはすでに決めていた。どちらも生まれなかったら、そう、そのときは自分のためにもうひとつダイヤの指輪を買えばいい。三カラットの無傷なダイヤを。

マーゴウは冷蔵庫からオレンジジュースを出してふたつのグラスに注ぎ、それをパティオにもって出た。「やった！」あの陰気な黒い服を着ていないグレーテルを見て、マーゴウは言った。そしてその場で立ちどまった。「一体どういうこと？」

「そんなに騒がないで」とグレーテル。マーゴウは何でも深読みをしすぎる。「ただ泳いだだけよ」

マーゴウは小さいメタルのテーブルにオレンジジュースを置いた。「これに少しシャンパンを加えたら、ミモザになるわね」

マイクが昨夜あけたシャンパンの瓶をマーゴウがもってくるのを待ちながら、グレーテルはサングラスをかけた。朝はまだ早く、鳥たちさえようやく目を覚ますところだった。それでもその日がすばらしい天気になることは明らかで、太陽の昇り方でそれがわかった。

「このシャンパン、もう泡立たないけど味はいいのよ」戻ってきてミモザを作りながらマーゴウは言った。「ちょうどわたしみたいにね」

「お願い、わたしが何もかももっているなんて言わないでね」そう従姉をからかいながらも、グレーテルは幕が開くように、頭上にぐらぐらするような真っ青な空が広がるのを見た。「絶対に言わないでね」

「わかった」マーゴウは言った。「言わないわ」

ローカル・ガールズ

グレーテルは門の脇に立って、金属のフェンスの柱に指をからませていた。自分で植えたバラが咲いていた。植えたときは茶色の紙に包み紐で結んだ苗にすぎなかったが、時がたつにつれて豪華な奔流となってフェンスを流れおちていた。かつて桜の木があった場所には、今ではキズタがびっしりと繁茂しており、昔はキズタがなかったとは信じられないほどだった。抜けるように青く澄んだ空だけは昔と変わっていない。目を細めて見ると、雲たちはいつも城のかたちになったが、まばたきをすると消えてしまった。もう一度まばたきをすれば、そもそも雲はなかったと思えてくるだろう。すべて想像のなか、頭のなかに浮かんでいたのだと。

六月のこの日、気温は高く完璧に近い快晴である。ミツバチが芝生のうえを飛びかい、サザン・ステート・パークウェイの遠い響きに交じって、羽音が聞こえている。かれこれ五年前から、ここはもう自分の家ではなかったが、グレーテルは草のうえに足を組んで座る。前かがみになってミツバチの低い羽音を聴く。この家に住んでいた年月のあいだ、どうしてこの羽音が耳に入らなかったのだろう。たぶん気にとめていなかったのだ。でも今は違う。グレーテルの一番古い友だちのジルが通りを歩いてくる。ジルが来たことはすぐわかる。ジルの靴の底がパシパシとコンクリートに当たる音、ジルの息子のレオナルドが自転車に乗るときに擦る骨も凍るようなキーキー音でわかる。

「何しているの、そこで」ジルは呼びかける。

グレーテルは芝生から手を振り、それからジルをもっとはっきり見ようと手をかざして太陽を遮る。車路の縁にいるジルは三人の子どもを連れている。七歳のレオナルド、ドックと呼ばれているエディ二世、それから赤ん坊のアンジェラ。アンジェラは生まれて一か月だがもう歩いている。ジルは金髪をポニーテールにまとめ、三度の妊娠にもかかわらず、短パンのはける脚をしている。彼女は赤ん坊を芝生におろすと、グレーテルのほうにやってくる。

「そんなところに入って、どうかしたの？　ここの人たちは嫌な連中よ」彼女はグレーテルの昔の家を顎でさす。「ご近所の人たちは誰もここの人とは口をきかないわ。立ちなさい」彼女はグレーテルのすねをちょっと蹴って命令に従わせる。「ここを動かしなさい」

「痛っ」グレーテルは言うが、それでもすねを動かす。

「ひどい一族よ」ジルは、飾りに植えられた灌木の葉をちぎり始めたアンジェラのほうに急ぐ。

「わたしたちが自分の敷地にいるのを見たら、警察に電話するわよ。最低な連中」ジルは肩ごしに吐きすてる。「ブロック・パーティに来たためしがないわ」彼女はグレーテルに言い、「でもそう言えばあなたも来なかったわね」

「ブロック・パーティなんてあったの？」グレーテルが訊く。

グレーテルがそのころどんなに哀れを誘う存在だったか、そしてニューヨーク大学で学位をとって、マンハッタンで五年間を過ごした今でさえその状態が変わっていないことを思ってジルは首を振る。「毎年八月だった」まだぼんやりしているグレーテルにジルは教える。「うちのお母さんは毎年マカロニ・サラダを作った。あなたのお母さんはいつも仕事で来られなかったわ」

グレーテルとジルは腕を組み、ジルの子どもたちのあとについて道路に出てハリントン家に向かう。ジルの両親がフォート・ローダーデイルのコンドミニアムに移ったあと、今ではジルの家になっている。ジルと夫のエディはその家のローンも引きついだ。

「お墓に入ってもローンを返しているんじゃないかしら」エディが経済観念に優れた夫ではないことを匂わすというわけでもなく、ジルは明るく言う。幸いエディの両親は彼を家業に引きいれ、彼はロング・アイランドのずっと先のほうに自身の販路を持っている。妹のテリーがほんものの法定相続人で、ロパッカの製パン工場を経営している。

「テリーの部屋にはあなたの兄さんを祀ったおやしろがあるのよ」ジルはグレーテルに言う。

「今でも？　もう立ち直ってもいいのに」

「ジェイソンは彼女にとって聖人のような存在なの。よくないことは全部忘れたんでしょう。

テリーの旦那さんはかわいそう」

「彼女、結婚したの？」グレーテルは尋ねる。誰もかれも結婚するようだ。わたしのほかは。

「ほら！」ジルは突然足をとめ、腰に手を当てる。「何してるの！」あやうく自動車に轢かれそうになったレオナルドを叱る。

「何も」レオナルドは答える。

「前をちゃんと見て」ジルは息子に言う。「運転手はおまえのことなんか気をつけていないから」


六月にここに戻ってきていることが夢のようだとグレーテルは思う。昔から六月は一年で一番好きな時期、何だって起こってしまいそうな、光に満ちた危うい月だった。ジルのこの家は、これまで数えられないほどやってきた場所だった。グレーテルはあたりを見回し、ここはこんなに小さい家だったのか、芝生はなんてあり得ないような緑色だろう、と思う。

「これ本物の芝？」グレーテルはかがみこんで、芝草をひとにぎり引きぬく。

「ええ、本物よ」ジルは言う。失礼ね、とジルが思ったのかどうか、彼女の顔から読み取ることはむつかしい。今でもしじゅう口をとがらすからだ。「エディはこの芝生の手入れに苦労するのよ。あなたはアスファルトとコンクリしか知らないんでしょ」

裏庭には、ジルとグレーテルの子ども時代のように、小さいプールがしつらえてある。あのころジルの母親は子どもたちに注意を向けられないほど、気持ちが乱れて落ちこんでいた。だがジルは自分の子どもたちを注意深く見守っている。

「妹を押しちゃだめ」ホースでプールに水を満たしながら、ジルはドックを叱る。「あんたたちのすることがママに見えてないと思ったら大間違いよ」

五歳になったばかりのドックは神妙な顔で芝生に座る。全員の耳に通りを走るレオの自転車の音が聞こえる。円や数字の8を描いたりしながらキーキー、ヒューヒューと音を立てている。グレーテルは芝生の椅子に寝そべって体をのばす。昔はこの庭を自分の部屋の窓から見たものだったが、今では家族の誰もそこにいない。母親と兄は死に、父親は二番目の妻とノース・ショアに住んでいる。従姉のマーゴウさえ、フロリダに移って、夫と息子のフランキーと暮らしている。かわいいつむじ風のようなフランキーはグレーテルに電話して、ノックノックジョーク（ノックノックで始まる問答形式のジョーク）を言うのが好きだ。

ジルはクールエイドと紙コップを取りにキッチンに行き、戻って皆に飲み物を配ると、グレーテルの横のプラスティックの芝生用椅子に体を投げだす。「元気が出るものがいるわ」彼女は大声で言う。そして短パンのポケットから煙草の箱を出してグレーテルに一本差しだす。

「煙草やめたの」

「本気で？　完全にやめたの？」

ジルがニューヨークに来るたびに、彼女とグレーテルはクラブに行って煙草を吸って飲んで、それぞれの生活の不平を言ったものだった。だがもちろんアンジェラが生まれて以来、ジルが出てくることはなく、その間にグレーテルにはいろいろな変化があった。たとえば自分で髪をカットするのをやめ、今では美容院に行っている。真夜中に泣くこともなくなった。人びとの不幸が自分の責任であるかのように思うことはやめた。まだときにはそう感じることもあったが、そんなときは外出して新しいイヤリングや分不相応のブラウスを買い、それは効果があった。今彼女はもっと進んで、手首に小さな青い刺青を入れている。勇気のシンボルである「胆」という字だ。

「信じられない！」ジルは叫ぶ。「わたしに言わずに、そんなことするなんて！」ジルは本当はグレーテルが羨ましい。ジルの夫エディは、ジルが刺青をするのを絶対に許してくれないだろう。アンジェラの耳に小さいパールをつけてやったらかわいいだろうけれど、アンジェラの耳に穴をあけることさえ許さない。ジルが従姉のメアリアンのところにアンジェラをこっそり連れていけば、メアリアンはキッチンのテーブルで細い針を使って穴をあけてくれるだろうが、あとでエディとのあいだにひと悶着起こす気にはなれなかった。ジルが彼の言いなりになっているわけではない。本当は違う。ジルがグレーテルに会うために出かけてゆくことを、妙なルームメイトたちのいる薄汚いアパートを訪れることを彼はけっして快く思わなかったが、ジルは意に介さなかった。ジルとグレーテルが足を向けたみすぼらしいクラブや、自分が飛べると信じて一四番街を見下ろす窓枠の上に立った頭のおかしいルームメイトなど、そういうことを少しでも知ったらエディは逆上したことだろう。

この二年間、ジルとグレーテルがあまり会わなかった本当の理由は、エディとは関係がない。少なくともエディがとめたからではなかった。本当の理由は嫉妬心で、それが問題なのだ。嫉妬とは実生活で本当には必要としていないが、それでも夢想のなかで憧れているものを欲しがる気持ちである。それはもっとも愚かな夢想――もはや子どもではなく、羨望に左右される愚かさをわきまえた大人の今でさえ、振りすてることのできない愚かな夢想なのだ。どちらも相手の生活の一部を羨んでいる。もちろん全部ではない。孤独や消耗は要らないが、一番いいところ、褒章はほしい。

「アンジェラは世界一かわいい子」グレーテルは断言する。

午後遅くなるにつれ、木陰の多いジルの裏庭さえ、焼けつくように暑い。グレーテルはクールエイドを飲みながら、記憶にあるクールエイドはこんなに甘ったるくなかったと思う。子どもたちはプールに入ってはしゃぎまわり、その声が混ざりあって耳をつんざくような大音響となる。アンジェラの名親だということは抜きにしても、アンジェラは本当に世界一だとグレーテルは感じている。

「そうね」ジルは同意する。「とくに眠っているときはね」

エディのトラックの音が聞こえ、欠陥のあるマフラーをガタガタいわせながら車路に入ってくると、ジルとグレーテルは顔を見合わせて笑う。エディが近くにいるときは、必ずその音でわかる。

「やあ」ジルがグレーテルと一緒にいるのを見て彼は声をあげる。「顔が見られて嬉しいよ」グレーテルが挨拶すると彼は言い、彼女に腕をまわして引き寄せる。少し寄せすぎる。「今日は最高にきれいだ」

「おやめなさい」ジルが言う。

「きみこそやめろ」彼は体をかがめてジルにキスをする。熱烈な恋のさなかのような本物のキスだ。

たぶんジルとエディはいまだに相手に夢中なのだろう。たぶんずっとそうだったのだろう。なぜ人びとが互いに引かれあうのか、なぜ別れるのか、グレーテルにはよく理解できない。それでもひとつのことだけはたしかだと思う。当事者でないかぎり、恋愛の真相はわからないということ。

「テリーが夕食にやってくるよ」エディはシャワーを浴びに家に向かいながら言う。

「お知らせどうも」ジルはその後ろから声をかける。「次のときにはもっと早く知らせてほしいわ」彼がポーチで振りむいて一礼すると、ジルは腹立ちを忘れて笑う。「お馬鹿さん」彼女は愛情をこめて言う。

永続的な関係をもつことがわたしは生まれつきできないのだろうか、とグレーテルは考えざるをえない。高校のときのただひとつの本物の恋愛は悲惨な体験だったし、大学でデートした相手にはどれもどこかで失望した。カリフォルニアに行くまえの週末、彼女はここに来ている。カリフォルニアでは何年もまえにいなくなった、兄の昔の友だちのユージン・ケスラーが再び姿を現わして、メンロー・パークで雑誌の出版をしている。グレーテルは副編集長に雇われ、ジルは羨望を抑えきれない。ついにジルがグレーテルを羨むようになったのだ。

「あなた交際費をもらえるんでしょ」最近グレーテルの将来について話すたびに、ジルは目をきらきらさせる。まるで送られてくる原稿を返したり、フレンチ・ローストのコーヒーを淹れたりするのは彼女自身であるかのようだ。「思いきったショート・スカートをはくんでしょ」

「はかないと思うけど」たとえはいたとしても、皆黒だろう。黒がグレーテルの色だ。

ふたりは熱気むんむんのキッチンにカップや玩具を運びいれる。オーブンにラザーニャがあるが、夕食のテーブルにテリーとその夫が加わることになったので、十分な量があるかどうか。

「カリフォルニアでの最初の週にバンドのミュージシャンに会うでしょうね。ギタリスト。じゃなくてドラマー。ギタリストみたいにエゴのかたまりじゃない、すてきな人たちよ」

「勝手に想像すれば」グレーテルは笑うが、それでも希望が針の先のようにチクチクと自分を刺すのを感じる。

サラダが出来あがり、子どもたちの手洗いがすむころには、テリーと夫のティムが到着する。ティムはロパッカの製パン会社の会計課で働いている。

「まあ、グレーテル、すてき!」テリーはまるでかつての親友に会ったかのようにグレーテルを抱きしめる。道ですれ違ってもにっこりするか、しないか程度の知り合いだったのに。「ジェイソンの妹よ」テリーは夫に告げる。「昔のことを思い出すたびに、ブロークン・ハート」彼女はグレーテルに言う。

シャワーを浴びて濡れたままの髪でエディが入ってくると、彼は人でいっぱいで息苦しいほどのキッチンがまるで自分の城であるかのような態度で、客たちにもったいぶった挨拶をする。

「ぼくはラザーニャはいらない」ジルが彼の皿に入れようとするとティムが言う。「サラダだけでいい」

「ラザーニャは嫌いなのか？」エディが尋ねる。

「どういえばいいか」ずっと熱狂的なビートルズファンであるティムは、可能なときはいつもビートルズを引きあいに出す。「以前のぼくはポールだったが、今ではジョンだ」

どういうわけか、グレーテルは大声で笑い、それからあわてて手で口をふさぐ。

エディは義理の弟をじっと見る。「どういう意味だ？」

「エディ」ジルはテリーと、子どもたちに取りわけながらたしなめる。

「いや、何か意味があるのかと訊いているんだ」

「意味はないわ」テリーはエディに言う。「この人の言うことは気にしなくていいの」

「ウオルラス（セイウチ）は誰か？」ティムは義理の兄を苛立たせる。（ビートルズの一九六七年のアルバムのなかに「アイ・アム・ザ・ウオルラス」という曲がある。また解散後ジョンはソロ曲のなかで「アイ・ワズ・ザ・ウオルラス、バット、ナウ・アイム・ジョン」と歌っている）

「俺がポールで、おまえは俺より上等な人間だからジョンだってか？　要するにそれが言いたいのか？」

「ちょっと、やめなさいよ！」ジルが言う。「たぶんあなたはリンゴよ」

「そうは思わないがね」エディは歯を見せて笑う。「そんなことはないよ」

　エディが微笑むと、グレーテルはそもそもジルが彼に夢中になったわけがわかる。彼は確かに魅力的だ。その日遅くジルが下ふたりの子を寝かせ、テリーが食卓を片づけているとき、エディは食器を洗っているグレーテルの背後から彼女に近づく。

「考えたことあるかい？　きみに必要なのは最高にいいセックスだけだって？」彼はグレーテルに訊く。彼はおもしろがってこういうことを言い、グレーテルをからかい、ジルへの彼女の友情を試す。

「わたしが本当にしてほしいことが何かわかる？」グレーテルは低い声で優しく囁く。

　エディは彼女の腰に手を置いて引き寄せる。

「鍋を洗ってちょうだい」

「こいつ、後悔するなよ」グレーテルが水のぽたぽた垂れるスポンジをエディに向かって投げると彼は言う。「泣きを見るなよ」

グレーテルは食後の飲み物とデザートを取るとパティオに出てゆく。草の匂いとどこかの家のバーベキューの匂いが漂っている。

「エディときたらほんとに馬鹿よ」グレーテルのグラスにワインを注ぎながらテリーは言う。薄闇のなかでテリーの夫がレオナルドをボールで遊ばせている。薄闇のなかでテリーの眼に涙が浮かんでいるのがグレーテルに見える。

「ごめんなさい」テリーは涙をぬぐう。「あなたの兄さんのことを思い出すといつもこうなっちゃう」

人が若いうちに死ぬと、彼を愛した者たちを完全に失望させるか、裏切るかしないうちに死ぬと、こういうことになるのだ、とグレーテルは思う。

「兄さんと一緒になっても幸せじゃなかったわよ」グレーテルはテリーに言う。その通りなのだ。彼女の兄のジェイソンは幸福というような単純なものを実現するにはあまりに心に深手を負い、あまりに純粋な人間だった。「きっと惨めな思いをしたでしょうよ」

芝生でティムはレオにボールを投げ、レオはどのボールもなんとかキャッチしている。

「見てよ！」レオが叫ぶ。「ぼく取れたよ！」

「過去は過去だって自分に言い聞かせているの。ふり返るのはやめようって」テリーは手の甲で目をこすり、自分を立てなおす。

グレーテルはジルの裏庭と自分の家の裏庭とを隔てていたフェンスをじっと見る。昔、ふたりは夜にそれぞれの家の窓を乗りこえて外に出た。夏、他の者たちは皆窓を広く開けたまま、もしくはエアコンをかけたまま、ぐっすり眠っていたが、ふたりは起きていた。やらなければならないことがありすぎ、自分たちの人生はこれからだった。

「今じゃこの通りが何と言われているか知ってるかい？」プラスティックの椅子とビールのクーラーを運んできたエディが尋ねる。「自殺横丁さ」

「ジサツってなあに？」レオナルドが芝生から大声で訊く。

「そんなことば教えなくてもいいでしょ」ジルがエディに言う。彼女はその日の早朝に作ったチーズケーキを出してきて切りわけ、バラの模様の小皿に載せる。割れやすいから普段使いには向かないとジルの母親が言っていた皿だ。

「だってそれが人生さ。きみはレオに何も見せまいとするんだ」

「そうよ。見せたくないもの」とジル。

グレーテルは噴きだし、ジルも一緒になって笑う。

「何がおかしいのさ?」とエディ。「何か変かい?」

「この通りの少し先のところで女の子がふたり自殺したのよ」テリーがグレーテルに教える。

「先週だったかな?」

「五月の最後の日だったわ」ジルは言う。「加減して投げてちょうだい」ティムが速球を投げたので、ティムに向かって叫ぶ。「レオが歯を折ったら大変だから」

「『ニューズデー』の記者がここに来て、インタビューして回ったよ。それから誰を選んで話を聞いたと思う? きみのもとの家を買った嫌な奴らだよ、グレーテル。奴らが言うには、ここは人を受け入れない地域です、だとさ。確かに今じゃ奴らは仲間はずれにされている。誰も奴らと口をきかない、このブロックの連中はね。それは言える」

「されても気にしないんでしょうね」グレーテルが言う。

夕闇が紫色のウェーヴになって灰のように降りてくる。

「気にしない人はいないわ」とジル。


その夜レオナルドのベッドの下段のベッドで、グレーテルは眠ることができない。暑さのせいでも、レオナルドの歯ぎしりのせいでもない。寝つけないのは、夜があまりに深いから、さまざまな記憶が彼女にまとわりつくからだ。ずっと昔のこと、グレーテルは裏庭の二本の松の木のあいだにロープを張って、綱渡りの舞台をこしらえた。そして祖母からもらった黒いバレエシューズを履き、小さい紙のパラソルを手にもった。何時間も練習をしたが、綱の上を一歩踏み出すと必ず落下した。あるとき落下しながら目をあげると、ジルが自分の家の裏庭に出ているのが見えた。金属のフェンスの格子の網のあいだからジルはずっと見ていたのだ。だが彼女はグレーテルのぶざまな有様をひとことも言わなかった。グレーテルの記憶に間違いがなければ、顔をそむけたのはジルのほうだった。

今誰がわたしを見て、落ちても笑わないでいてくれるだろうか。真夜中に誰に電話をかけられるだろうか。話がつきるまで誰が話をするだろうか。グレーテルはレオナルドが目をさまさないように、暗闇のなかで音をたてずにそっとベッドから抜けでた。手に触れた短パンをはき、Tシャツを押しこむと、片手で壁を確かめながら家のなかを進んだ。中庭に出ると、自分の昔の家が見えた。屋根の傾斜、煙突、蔦。自分の寝室だった部屋の窓、正面玄関、バラ。夜の濃い空気のなかにその香りが漂ってくる。

階段に座って冷たいビールを飲んでいるジルを見てもグレーテルは驚かない。ジルはいつも寝つきが悪いのだ。ジルが妊娠して学校を退学したとき、なんともったいないことだろうと言う人たちがいて、実はグレーテルもそのひとりだったのだが、今ではあのときほど確信がもてない。

「嫌な夢を見たの？」ジルが尋ねる。

悪夢のせいで眠れないのだったらいいのに、とグレーテルは思う。未来と過去、そのどちらが自分の眠りを妨げているのか、わからないのだ。

「暑すぎて」グレーテルは答える。

仮に、これが自分が地上で過ごす最後の夜であっても、月の光がこんなふうに芝生一面を浸していてほしい、とグレーテルは思う。

「暑くってどうしようもない」銀色の光を浴びたジルは少女のように見える。彼女はクーラーから冷えたビールをとってグレーテルに渡してにやりと笑う。「わたしはきれいな子、あなたはお利口な子だったわね」

「何を言うか」グレーテルは言う。「きれいな子はわたしよ」

ジルは笑い出す。グレーテルがにらむと、「ごめん、とにかくあなたが好きよ。たとえお利口でもね」

ふたりははだしのまま、家の正面にまわる。ジルはビールを飲み終えたが、グレーテルは自分のビールをもっている。ふたりとも疲れているが、この暑さでは寝つけそうもない。グレーテルは早朝五時半に空港に向かわねばならないので、むしろ今は眠らないで機上でうたたねをするほうがよい。あと数時間もすれば彼女とジルは搭乗ゲートで涙を流しているだろうが、今はグレーテルのビールを飲みあい、自分たちが知りつくしている風景のなかを、まるで旅行者のように時間をかけてゆっくりと歩いている。街路灯が靄にかすんだ光を投げ、それは醒めきらない夢の光のようだ。ホタルたちが芝生を横切って漂っている。

「ふたりの女の子が死んだ家はあそこ」ジルは道の向かい側の一軒の家を指さす。何の変哲もない家だ。「ガレージで自殺したの」

靴を履いてくればよかった、とグレーテルは思う。道路のコンクリートは熱をもっていて、夜には一層熱くなるように感じられる。「なんということをしたんでしょう」

「ふたりは秘密の盟約を結んだの。ふたりの人生は行きづまっていた。男の子のこと、家庭内のこと。わたしたち誰もがもつ同じ悩みよ」

ジルの声は落ち着いているが、彼女の顔は妙な表情を浮かべている。ジルでなかったら、これは泣きだす直前の表情だとグレーテルは断言できる。

「馬鹿な子たち」ジルは首を振る。「少し待てばよかったのよ。待ちさえすればよかった。大人になれば何もかも解決したのに」

「わたしたち、待ってよかったわね」グレーテルは言う。

ふたりは娘たちが死んだガレージをじっと眺める。ガレージのなかに車が一台入っていて、この場所の記念になるものを取ってゆこうとする近隣の子どもたちに備えてドアには鍵がおろしてある。だがもう何日も、地元の新聞でさえ、この事件にかんする記事は出ていないし、高校でさえ人びとはまったくその話題を忘れさっている。ジルだけが今でもここに来るが、今夜が過ぎれば彼女さえ来なくなるだろう。天候が完璧でよかったとジルは思う。空気は柔らかく体を包みこみ、呼吸のたびに甘い香りがする。

「見て」グレーテルは、自分の皮膚に止まった一匹のホタルをジルに見せようと腕を差し出す。青ざめた黄色い光が、SOSのように点滅している。魂に訴えかけるシグナルのように。

「殺しちゃう?」ジルは言う。

ふたりはけたたましく笑う。近隣の人びとがすべて寝静まっている六月の真夜中に歩道で笑いころげる。笑ううちに、ホタルは飛び去る。高く高く舞いあがったので、星と見分けがつかなくなる。

「生きることにしたのね」とグレーテル。

結局そういう簡単なことなのだ。

「そう、あっぱれだわ」そのホタルがもう見えないと知りながら、ジルは目をあげて木々のあいだに瞳をこらす。「わたしたちもあっぱれね」ジルは言う。

訳者あとがき

この作品の舞台はニューヨーク州ロング・アイランドの、架空の町フランコーニア。ロング・アイランドは大西洋に面し、名前の通り東西に長く伸びた島である。島の最西端のクイーンズとブルックリンはニューヨーク市の一部であり、それに隣接したナッソーや南北の海岸沿いの地帯は、富裕層の多い地域である。だが島の東端には都会の賑わいとは無縁の小さな、「ローカルな」町があって、フランコーニアはそのような町のひとつと考えてよいだろう。そこに住む少女グレーテル・サミュエルソンが主人公だが、『ローカル・ガールズ』という複数形には、グレーテルの親友で、グレーテルとは対照的な生き方をするジル・ハリントンが含まれている。

ちなみに作者アリス・ホフマン(一九五二年―)はロング・アイランドで少女時代を送っている。アデルフィ大学を卒業後、スタンフォード大学で創作を学び文学修士号を取得、出版社勤務の後、小説を書き始めた。現在までに二〇篇以上の小説のほか、子どもやヤング・アダルト向けの作品も書いており、アメリカの代表的な女性作家のひとりである。邦訳がある作品には『プラクティカル・マジック』（映画化もされた）、『海辺の家族（原題は *At Risk*）』他数篇がある。

ホフマンは「ホフマン乳がんセンター」によっても知られている。『ローカル・ガールズ』が出版された一九九九年に、彼女は乳がんから回復したが、同病の患者たちによりよい治療環境をと願って、自らが治療を受けたマサチュセッツ州ケンブリッジのマウント・オーバン病院に同センターを設立した。それから一〇年が経過したことを記念した行事を今春地元の新聞が報じている。『ローカル・ガールズ』の収益はすべて、乳がんに関する研究と治療に寄付されている。

フランコーニアは、閉鎖的で知的刺激に乏しく、若い人の人生の芽を摘み取ってしまうような町である。このようなローカルなコミュニティを舞台にした小説には、古くはフローベル『ボヴァリー夫人』やジョージ・エリオット『ミドルマーチ』がある。いずれの作品も、ヒロインたちが異なる場所に生きたならば、人生の可能性はもっと開けていただろうと思わせる。この作品のグレーテルが置かれる八方塞がりの状況は、もちろん彼女を襲う数々の個人的な不運にもよるが、同時に地域的また時代的な事情がもたらすものでもある。グレーテルはその状況に耐え、いくつもの不幸を乗り越えながら、これらの二作品のヒロインたちとは異なって、やがて広い世界に漕ぎ出してゆく。

グレーテルの成長を追って語られている『ローカル・ガールズ』は、個別に雑誌に発表された連作形式の一五の短篇から成っているが、それらが集められた本書は一五章の小説としても読める。グレーテルが語る章と客観的叙述の章とがある。物語の年代は明示されていないが、いくつかの手がかりから、今から三、四〇年前と考えられる。

グレーテルが遭遇する第一の不幸は両親の離婚と父親の再婚である、というよりも、それがグレーテルの母親フランシスに与えた打撃である。夫と家庭がすべてであった彼女は、それまでの明るさ、快活さを失い、自分を裏切った夫への恨みを断ち切ることができない。フランシスの従妹のマーゴウも同様の経験をしていて、ふたりはグレーテルにとって反面教師とも言うべき存在である。

結婚の破綻で人生ががたがたに壊れ、しかも性懲りもなく恋にあこがれ続けるふたりの女性の背後には、広い展望を与えないローカル・タウンと同時に、一時代前には支配的だった恋愛・結婚をめぐるイデオロギーが存在する。社会学では「ロマンティック・ラブ」と呼ぶこの概念は、性愛を容認しつつ、一対一の男女の精神的結びつきと永続的な恋愛感情を理想とし、長らく近代的結婚制度を支えた。男性は職業など家庭の外にも生きがいを見出し、性的行動の自由をもっていたのにたいして、女性のアイデンティティは「運命の相手」との結びつきと家庭の創造にしかなく、その意味で両性間の不平等が潜在していたが、フランシスとマーゴウの人生はそれを如実に示している。社会の変化、とりわけ女性の性の解放によって、「ロマンティック・ラブ」が衰退した事情は、例えばアンソニー・ギデンズ『親密性の変容』に詳しく述べられているが、母親たちとグレーテルとの差は、個人的な意思の問題であると同時に、時代がもたらしたものといえよう。グレーテルが意識したにせよ、しなかったにせよ、彼女の前には母親たちにはなかったキャリアの展望も開けていた。母親たちに揶揄的な目を向けていたグレーテルが自身、絶望的な恋に陥ったとき、彼女は辛うじてそれから脱出する。そしてハンサムである以外には取り柄のない男と結婚して、一生フランコーニアで暮らす運命のジルの、羨望のまなざしのなかで、最後にはジャーナリストとしての職を得てロサンジェルスへと旅立つ。

母親たちとグレーテル、ジルとグレーテル、その対照に加えて兄ジェイソンと妹グレーテルの対照がある。優秀な高校生の彼は、フランコーニアでは初めて、親友のユージン・ケスラーとともに、ハーヴァード大学への進学が決まっていた。だがユージンが或る不正行為のために退学処分となり、フランコーニアから姿を消すと、ジェイソンもあっさりと進学を放棄してスーパーマーケットで働き始める。彼はおそらくグレーテル以上に、両親の離婚、父親の再婚、そして母親の乳がん発症から打撃を受けていた。やがて彼は麻薬に溺れ自滅してゆく。男の子の脆さと女の子の勁さと言ったら、通俗的すぎるだろうか。グレーテルのなかには、兄がもつことのなかった保身の本能、自己防御の装置が埋めこまれていて、母の発病につぐ祖母の死、兄の破滅、自分の恋愛の破綻に耐え、息をひそめるようにしてそれらをやり過ごす。

一時代前のローカル・タウンに生活する、人びとの日常を具体的に描きながら、『ローカル・ガールズ』はいわゆる一九世紀的リアリズムの作品ではない。グレーテルの心情が縷々語られたり、彼女の心理が説明的に分析されたり、出来ごとの因果関係が追求されることはなく、むしろどこか少女まんがを思わせる飛躍とドラマをともなって、鮮やかなイメージからイメージへ、場面から場面へと移りつつ、ストーリーが展開する。作者が得意とするマジック・リアリズムも発揮されている。日常的なものを非日常的なものと融合させる手法で、例えば祖母フリーダの亡霊がグレーテルの父親と彼の新しい妻の家庭に出現したり（「死者とともに」）、謎の光る球体がマーゴウの家に飛びこんだり（「証拠」）する。だが実際には、リアリズムとマジック・リアリズムの線引きも困難である。例えば、夜の闇のなか、自分たちに不当なことをした大人たちへの復讐をたくらむグレーテルの前に、突如赤いバラが出現する場面や、おとぎ話のグレーテルがパン屑を撒くように、父親の新しい妻のハンドバッグの中身を夜の森のなかに次々と投げ捨てる忘れがたい場面は、現実でありながら、非現実の世界のような魔力で読者を捉える。その魔力が読者の心を溶かし、読者は素朴な友だちとなって、グレーテルとともに憤り、苦しみ、嘆く。そして最後には言うのだ。

よかったね！　ほんとによかったね！　グレーテル。

出版後間もない『ローカル・ガールズ』を当時の勤務先の大学で、卒業翻訳の素材に選んだ学生がいた。ゼミの担当者として、毎年度十数篇の翻訳作業につき合ったわたしのなかで、大方の作品は印象が薄れたが、この作品は耳の底にいつまでも残るメロディーのように、折にふれて記憶に蘇った。それで退職後に担当の機会を与えられた東洋英和女学院大学の生涯学習センタープログラムの翻訳の講座で、或る年度にこの作品を取り上げ、幾つかの章の翻訳を試みた。そのときの受講者は十数名だったが、ふたつしかないわたしの目に、三〇個近い目が加わると、眼力の届く範囲も深さも読む楽しみもぐんと増した。この翻訳はそのときの受講者たちとの討論におおいに助けられている。名前は忘れたが、最初にこの作品に出会わせてくれたゼミの学生にも、東洋英和の受講者の方々にも深く感謝したい。

東洋英和の講座は実は「英米児童文学の翻訳」という名称である。一〇代になったばかりの、グレーテルを描いた最初の二、三章の印象がことに強かったので、ヤング・アダルト向けの作品もよかろうと考えて選んだのだったが、読み進むうちにこれは（英語のレベルも含めて）ヤング・アダルトの域を超えた作品であることに気づいた。「あなた方、これを一〇代のお子たちに読ませますか？」と問うと、「いいえ！」という答えが受講者から来た。確かに、ヤング・アダルトに読ませるには悲劇性が強すぎ、多様な人生経験が要求されすぎる。事実、インターネット上の、アリス・ホフマンの作品一覧でも、『ローカル・ガールズ』はヤング・アダルト向けではなく、大人の作品に分類されている。

翻訳にあたって不明の箇所は東京女子大学名誉教授リー・コールグローヴ氏の教えを乞うた。初校を携えてボストンに旅行したので、さらに確認を必要とした箇所にかんしては『ハーヴァード・マガジン』の編集者ジーン・マーチン氏から助言を得た。厚くお礼申し上げる。訳稿の点検と校正は妹、後藤光緒に手伝ってもらった。

最後にみすず書房の辻井忠男氏に尽きることのない感謝を。E・M・フォースターの『眺めのいい部屋』の翻訳以来長らくお世話になり、辻井氏のおかげで、アントニア・ホワイトの『五月の霜』を、そしてこの『ローカル・ガールズ』を、日本の読者に紹介することができた。辻井氏もわたしもそろそろ店じまいという時期を迎えた今、感慨はひとしおである。

北條文緒

二〇一〇年七月

著者略歴

(Alice Hoffman)

1952年ニューヨーク市に生まれ，ロング・アイランドで育つ．スタンフォード大学大学院で創作を学び文学修士号を取得，出版社勤務ののち，小説を書き始める．ヤング・アダルトや子ども向けの本も書き，映画の脚本も手がけている．多くの作品がベストセラーとなり，現在アメリカを代表する女性作家のひとりである．邦訳のある作品には『プラクティカル・マジック』『セカンドネーチャー』（ともに集英社），『海辺の家族（原題は *At Risk*）』『タートル・ムーン』『七番目の天国』（ともに早川書房）などがある．マジック・リアリズムを得意とし，そのテクニックは本書にもうかがわれる．1999年に自らが治療をうけたマサチュセッツ州ケンブリッジのマウント・オーバン病院に「ホフマン乳がんセンター」を設立．『ローカル・ガールズ』の印税等収益はそのセンターに寄付されている．

訳者略歴

北條文緒〈ほうじょう・ふみお〉1935年東京に生まれる．東京女子大学文学部英米文学科卒業，一橋大学大学院社会学研究科修士課程修了．東京女子大学名誉教授．イギリス小説専攻．イギリス小説に関する著書，訳書のほかに，エッセイ集『ブルームズベリーふたたび』（みすず書房）800字短篇集『嘘』（三陸書房）『翻訳と異文化』（みすず書房）がある．訳書は，E.M. フォースター『眺めのいい部屋』『永遠の命』Q. ベル『回想のブルームズベリー』S. ソンタグ『他者の苦痛へのまなざし』A. ホワイト『五月の霜』（いずれもみすず書房）など．

アリス・ホフマン
ローカル・ガールズ
北條文緒訳

2010年 8 月 30 日　印刷
2010年 9 月 10 日　発行

発行所 株式会社 みすず書房
〒113-0033 東京都文京区本郷 5 丁目 32-21
電話 03-3814-0131(営業) 03-3815-9181(編集)
http://www.msz.co.jp

本文組版 キャップス
本文・印刷・製本 中央精版印刷
扉・表紙・カバー印刷所 栗田印刷

ISBN 978-4-622-07564-6
[ローカルガールズ]